전찻길

광화문통

종로1정목

종로2정목

종로3정목

태평통1정목

남대문통1정목

남대문로2정목

남산

1940년대 경성 거리

1. 하루코네 집
2. 서울 맹학교
3. 효자정 시장
4. 조선 총독부, 경복궁
5. 창경원(오늘날 창경궁)
6. 경성 제일 고녀
7. 부민관
8. 덕수궁
9. 동아일보사
10. 경성 부청
11. 영보 빌딩(엽주 미용실)
12. 경성 부립 도서관 종로 분관
13. 조선은행
14. 숭례문
15. 미쓰코시 백화점
16. 경성 우편국
17. 명동 성당
18. 경성역

푸 른
늑대의
파수꾼

푸 른
늑대의
파수꾼

김은진 장편소설

창비

차례

삶은 신이 던져 준 수수께끼를 풀어 가는 과정이다.
오직 시간만이 그 해답을 말해 줄 것이다.

1
- 햇귀의 시간 -

먹물처럼 캄캄한 밤이다.

파란 달빛을 뒤집어쓴 늑대들이 거친 숨소리를 뿜어내며 쫓아온다.

"헉헉! 헉헉!"

나는 어떻게든 도망쳐 보려고 안간힘을 쓰지만, 생각만큼 다리가 움직여 주지 않는다. 아니, 발바닥이 땅에 붙어 버린 것 같다.

늑대들의 뾰족한 이빨 사이로 진득한 침이 흘러내린다. 금방이라도 내 목덜미를 물어뜯을 기세다.

토할 것 같다. 목구멍이 갈가리 찢길 듯 아파 온다.

"살, 살려줘!"

순간, 늑대의 이빨이 내 어깨에 콱 박히고 만다. 얼음송곳만큼이나 날카롭고 차갑다.

"아악!"

침대에서 튕겨 나와 불부터 켠다. 환한 내 방이다. 나는 두리번거리면서 늑대들을 찾는다. 거울에 어깨를 비춰 본다. 이빨 자국 같은 건 안 보인다. 그런데도 어깻죽지가 욱신거리는 느낌이다.

"햇귀야, 나쁜 꿈 꿨어?"

희미한 목소리가 들렸다. 내 방 문고리에 매달리듯 서 있는 엄마가 보였다. 그제야 깨달았다. 또 바보 같은 꿈을 꿨다는 걸.

"아, 몰라. 노크 좀!"

마음과는 다르게 톡 쏘는 말이 먼저 나왔다. 엄마는 팬티 바람으로 서 있는 아들을 보는 게 아무렇지도 않은 건가?

엄마가 길게 한숨을 쉬었다. 한숨은 회색 아지랑이가 되어 내 주변을 맴돌았다.

"일찍 깼으니 그냥 아침 먹자."

엄마의 뒷모습은 바싹 마른 장미처럼 부서질 것 같다. 곧 거실 등이 켜지고 집 안이 환해졌다.

엄마가 싱크대 앞에서 고개를 갸웃했다.

"이상하네. 라면이랑 참치 캔이 조금씩 사라지는 것 같거든. 달걀도 그렇고."

나는 씹던 밥알을 뿜어낼 뻔했다. 얼른 물을 한 모금 들이켜고 가슴을 콩콩 두드렸다.

"없어지긴 뭐, 뭐가? 내가 먹어서 그렇지."

"그런가……. 오늘 또 마트에 다녀와야겠네."

엄마도 밥을 먹기 시작했다. 젓가락으로 깨지락깨지락. 엄마의 얼굴이 오래된 밀가루처럼 허옇고 푸석푸석하다.

어색한 기운이 식탁 가장자리를 떠돈다. 엄마도 나도 말이 없다. 우리가 부쩍 조용한 가족이 된 건 작년 봄부터였던 것 같다. 지하철 기관사였던 아빠가 심장마비로 돌아가신 다음부터.

음울한 죄책감이 내 가슴을 쥐어 비튼다. 엄마가 눈치채지 못하기만 바랄 뿐이다. 엄마가 목숨처럼 아끼는 비상식량이 조금씩 사라지는 것도, 싱크대 서랍의 지갑에서 비상금이 야금야금 새어 나가는 것도.

책상에 엎드려 졸다 휴대폰 벨 소리에 눈을 떴다.

"여보세요."

"햇귀야, 오늘 10시까지 오는 거 알지? 너 이번 방학에 모자란 봉사 활동 시간 채워야 돼. 알지?"

담임 선생님의 목소리에 여름 아침의 시원한 바람이 묻어 있다. 나는 되도록 기운차게 대답하고 집을 나섰다.

경복궁역 3번 출구. 오가는 사람들이 꽤 많았다. 널찍한 도로로 차들이 쌩쌩 달리고, 건너편에는 나지막한 2층이나 3층 건물들이 줄지어 서 있었다. 키 작은 빌딩들 너머로 병풍처럼 길게 늘어선

산이 보였다. 푸른 나무들 사이로 암벽이 드러난 게 멋스러웠다.

즉석 크로켓 가게에서 고소한 냄새가 솔솔 풍겨 왔다. 새하얀 설탕 가루를 입은 갈색 꽈배기가 군침 돌게 생겼다. 주머니 속 천 원짜리를 만지작만지작했다. 하나 사서 선생님 드릴까?

며칠 전 방학하던 날, 선생님이 나를 상담실로 불렀다. 상담실에서는 짙은 소나무 냄새가 났다.

"그래, 어머니는 많이 바쁘셔?"

"⋯⋯."

"외고 가는 건 생각해 봤니? 어머니랑 얘기 나눠 봤어?"

"⋯⋯."

나는 언제나처럼 배시시 웃기만 했다.

선생님이 내 대답을 기다리다가 휴대폰을 집어 들었다. 우리 집 전화번호를 찾는 것 같았다. 나는 얼른 선생님의 팔을 잡았다.

"집, 집에 전화 안 하면 안 돼요?"

평소보다 두 배는 빠르게 물었다.

"왜?"

"그냥 저한테 말씀하시면 안 돼요?"

선생님이 입을 앙다물었다. 약간 화난 것처럼 보였다. 특출한 성적이 아닌데도 나를 '외고 희망자 명단'에 올려놓은 게 선생님이다. 영어에서 AA11 등급은 충분히 받을 수 있으니까 다른 과목 점수만 조금 올리면 가능성이 있다고 몇 번이나 말했다. 하지만 나머지 과목 성적을 무슨 수로 올리라고!

주저한 끝에 엄마 얘기를 꺼냈다. 엄마는 떡과 커피를 파는 카페에서 아르바이트를 한다. 낮 2시부터 밤 12시까지 일하는데, 오로지 알바밖에는 생각하지 못하는 사람 같다. 최저 시급을 받는다는 말은 차마 입에서 나오지 않았다.

"너희 집, 돈 걱정은 안 해도 되지 않니? 아버지 앞으로 나온 보상금에 연금까지⋯⋯."

선생님이 얼른 한 손으로 자기 입을 가렸다. 그러더니 손부채질을 몇 번 하고 내 생활 기록부를 뒤적였다. 우리 반에서 봉사 활동 점수가 모자란 아이는 나뿐이라고 했다.

"동사무소나 구청에 전화하면 자리가 있을 거야. 봉사 시간 꽉 채워서 점수 제대로 가져가자."

하지만 여기저기 전화를 돌려 보니 다 마감된 상태였다. 결국 선생님의 도움을 받게 되었다. 선생님은 어떤 단체에서 봉사 활동을 하는데 여름 방학 동안 한 할머니를 인터뷰해서 그 내용을 글로 정리할 계획이라고 했다. 나도 같이 가서 청소 봉사도 하고 녹음 정리 작업도 도우라는 거였다. 오늘이 그 봉사 활동 첫날이다.

"햇귀야, 여기!"

바람이 묻은 목소리에 고개를 돌리는 순간, 내 두 다리는 얼어붙고 말았다.

그 녀석, 송태후가 선생님 옆에 서 있는 게 아닌가! 태후가 다가

와 친한 척 내 어깨에 팔을 둘렀다. 그러고는 나한테만 들리게 말했다.

"너도 독거 할머니네 봉사 가냐?"

태후의 달큰한 눈웃음이 나를 옥죄어 들었다.

내 머릿속에서는 한 가지 생각만이 메아리쳤다.

세상 어디로든 도망치고 싶다!

2
- 수인의 시간 -

자리에 누워 지낸 지 한참 되었다. 내 몸이 점점 내 몸 같지 않다.

침대 가장자리에는 온갖 약물과 영양제가 든 유리병이 주렁주렁 매달려 있다. 내 팔에 꽂힌 주삿바늘로 약물이 흘러 들어온다. 그 덕에 이렇게 숨 쉬고 있는 것이다.

먹물이 묻은 붓을 담근 물통처럼 기억이 흐려지곤 한다. 치매라도 찾아온 것일까. 누구와 점심을 먹었는지, 언제쯤 잠자리에 들었는지 도무지 생각나지 않을 때가 있다.

다행인지도 모르겠다. 나는 과거를 기억하고 싶지 않으니까 말이다. 내 기억을 한 줌 솜뭉치로 뭉쳐서 신에게 힘껏 던져 버리고 싶다.

"대체 나에게 왜 그런 형벌을 주셨습니까!"

희한하게도 어릴 적의 일만은 또렷이 떠오른다. 아까 녹음인지 뭔지를 한다고 온 여선생이 있었는데, 나는 비교적 또박또박 나에 대해 말할 수 있었다. 꼭 그 시절 소녀로 돌아가기라도 한 것처럼.

내 이름은 현수인. 쇼와 2년°여름, 평양에서 태어났다.

빼어날 수(秀)에 꽃창포 인(藺). 당시 양반가에서 여자의 이름을 호적에 올릴 때는 어질 인(仁)이나 맑을 숙(淑) 자를 썼지만, 아버지는 색다른 한자를 붙여 주었다. 평생 불릴 이름인데 이왕이면 발음도 뜻도 세련된 편이 낫지 않겠느냐는 것이었다.

보통학교에 다닐 때 일본인 선생님이 딱지를 나눠 주던 게 기억난다. 거칠거칠한 마분지를 동그랗게 오린 딱지였다.

"이제부터 조선말을 쓸 때마다 딱지를 하나씩 뺏을 것이다. 알겠나?"

처음엔 선생님이 하는 일본말을 잘 이해하지 못했다. 어쨌든 우리는 각자 열 개의 딱지를 주머니에 집어넣었다.

어느 날 선생님이 복도에서 내 팔을 세게 꼬집었다.

"아이구, 오마니!"

"너 방금 조선말 했지? 딱지 하나 내놔라."

눈물을 찔끔 흘리면서 주머니 속 딱지 한 장을 건넸다. 딱지를

° **쇼와 2년** 1927년.

16 ●

몽땅 뺏기고 나면 선생님에게 보고해야 했다. 그러면 선생님은 뭔가를 기록하고 딱지들을 돌려주었다. 나중에 알고 보니 딱지를 모두 잃을 때마다 수신* 점수를 깎는 것이었다.

우스운 일이었다. 얼떨결에 나오는 감탄사도 못 쓰게 하다니!

그때는 아직 정규 조선어 과목이 있던 시절인데, 유독 그 일본인 선생님만은 조선어를 극도로 싫어했다. 제복을 입고 허리춤에 긴 칼자루를 매단 선생님과 눈이 마주칠 적마다 심장이 콩알만 하게 쪼그라들곤 했다. 칼에 베일 것 같은 두려움에 사로잡혔다.

보통학교를 졸업하고 여학교에 막 입학했을 때 내 나이 열세 살이었다. 조선의 여학생들은 앞섶이 긴 하얀 저고리에 까만 치마를 입고 다녔다. 기독교 선교사들이 세운 학교여서 전통적 옷차림에 대한 규제는 심하지 않았다. 다들 댕기 머리를 길게 늘어뜨리고 다녔는데, 나 역시 삼단 같은 내 머리칼을 보물 1호로 여겼다. 태어나 한 번도 자르지 않은 머리칼이었다.

하루는 담임 선생님이 교실로 달려 들어와 내 손을 움켜쥐었다.

"수인아, 네가 중등 수예 대회에서 입상했다는 소식이다."

"네?"

영문을 몰랐다. 나는 그런 대회가 있는 줄도 몰랐기 때문이다. 알고 보니 입상작은 내가 예전 수업 시간에 낸 '일월오봉도'였다.

• **수신** 도덕 과목.

해와 달, 다섯 개의 봉우리와 그 사이로 쏟아지는 폭포 등을 갖가지 색실로 수놓았었다. 평소 내 그림이나 수예 실력을 침이 마르게 칭찬하던 선생님이 대회가 열린다는 소식을 듣고 나 몰래 출품한 것이었다.

경성에서 신문 기자가 인터뷰를 하러 오고, 나는 학교에서 일약 유명 인사가 되었다. 수예 솜씨로만 보자면 최우수상감이지만, 조선 왕의 병풍을 그렸다는 이유로 입상작에 머물렀다고 했다. 이러다 일본으로 국비 유학을 가서 세계적인 미술가가 되는 것 아니냐며 부러워하는 급우도 있었다. 잠시 우쭐하기도 했지만 내 꿈은 따로 있었다. 바로 조선의 명가수가 되는 것이었다.

"모시모시, 아 모시모시?"

노래의 첫 소절을 시작하는 순간 급우들의 눈이 반짝거렸다. 아지랑이 피어오르는 봄날, 교실에서 졸음을 쫓아내고 분위기를 띄우는 데에 「전화 일기」만큼 제격인 노래가 없었다.

"할로우 할로우. 당신이 정희 씨요?

네, 네네. 홧 이즈 유어 네임?

엊저녁 속달 편지는 보셨을 테지요?

아, 약 광고인 줄 잘못 알고 불쏘시갤 했군요.

저응 저응 아이 러브 유.

아이고 망측해라, 아이 돈 노우 빠이빠이."

김해송과 박향림이 부른 「전화 일기」는 배꼽 잡는 해학이 생명이었다. 연애에 절박한 남자 역할, 새침한 목소리의 여자 역할을 번갈아 노래하면 급우들은 물론 선생님까지 한바탕 웃음보가 터졌다. 시끌벅적한 웃음소리 때문에 노란 수염을 기른 서양인 교장 선생님이 우리 교실로 뛰어 들어오기 일쑤였다. 교장 선생님은 나를 혼내기는커녕 내 노래에 맞춰 박수를 치다가 앙코르를 외치곤 했다. 그러면 나는 교장 선생님에게 「개고기 주사」를 선사했다.

"댁더러 밥 달랬소, 아, 댁더러 옷 달랬소? 쓰디쓴 막걸리나마 권하여 보았건디?"

떠돌이 백수건달이 당당히 푸념하는 이 노래가 어디 댕기 머리 여학생에게 어울릴 법이나 한가.

"오 마이 갓! 오 마이 갓!"

교장 선생님의 '오 마이 갓!' 추임새는 노래 마디마디에 딱딱 맞아 들었다. 모두가 발을 구르며 웃다가 눈가에 매달린 눈물방울을 훔칠 즈음이면 수업을 마치는 종이 울렸다.

우리 집 마루에는 나팔꽃처럼 생긴 축음기가 있었다. 선반에는 레코드판이 차곡차곡 쌓여 있었다. 인기투표 1위에 빛나는 왕수복, 콧소리가 매력적인 박향림 등의 레코드판이 나에게 머리칼 다음으로 소중한 보물 2호였다.

손잡이로 태엽을 여러 번 감아 주면 축음기의 원판이 빙글빙글 돌아가는데, 그 위에 레코드판을 얹고 바늘을 올리면 소리가 나왔다. 이 신기한 물건을 집에 들인 사람은 아버지였다.

"아바디, 내레 가수가 되면 어떻캈시오?"

"아이구야, 내 딸이 고저 조선 팔도에서 가수로 이름을 날린다 문야 내레 갓 쓰고 훨훨 춤이라도 추갔어."

아버지가 레코드판을 갈아 끼우며 받아쳤다. 진심으로 하는 말이었다. 아버지는 그 시대 사람답지 않게 깬 분이었다. 목소리로 사람의 마음을 움직이는 것만큼 멋진 일은 없다며 내 꿈을 지지해 주었다. 가수 취향은 나와 완전히 달랐지만. 아버지는 여자 가수들은 다 좋아했고, 특히 선우일선을 편애했다.

"에— 금강산 일만 이천 봉마다 기암이요 한라산 높아 높아 아아!"

노래가 시작되자 아버지는 빙빙 돌아가는 레코드판에 코가 닿을락 말락 하는 것도 모르고 심취했다. 선우일선의 「조선 팔경가」는 당시 대히트곡 가운데 하나였다.

"선우일선이 목소리눈 너무 구술푸디도 않구, 너무 때디디두 않구 딱이구만야. 하눌나라 선녀님이 옥통소를 분다문 딱 이렇디 않갔어?"

"그이보다눈 김해송이 세련되지 않았습까?"

"머이래, 짜스*인가 뭐인가는 좀 시끄럽디 않네? 유행 가요의 최고봉은 누가 뭐래두 나긋나긋한 신민요디."

• **짜스** 재즈.

"아바디는 옛날 사람이니까 그런 걸 좋아하디 저눈 짜스가 최고 좋단 말임."

신민요와 짜스의 대격돌. 아버지와 나는 대표 선수라도 된 양 자기가 좋아하는 가수의 레코드판을 먼저 들으려고 옥신각신했다. 보성 전문학교에 다니는 오라버니가 여름 방학 때 와서 이런 꼴을 보고는 나에게 한마디 했다.

"너눈 조신하게스리 살림이나 하디 않구, 무슨 풍악이네?"

그러자 아버지가 옆에서 훈수를 들었다.

"가만 놔두라우. 고저 조선 사람들한테서 흥을 빼면 뭐가 남네? 젊어서 노는 거는 숭도 아니디."

"옳소이다!"

우리 둘이 죽이 척척 맞자 오라버니는 끙 소리를 내며 자기 방으로 들어갔다.

두툼한 걸레로 대청마루를 훔치면서, 짚을 얽어 만든 수세미로 밥그릇을 닦으면서, 내 입에서는 쉴 새 없이 노래가 흘러나왔다. 뒷간에 쭈그려 앉아서도 목청껏 몇 곡조씩 뽑아 댔다. 똥 냄새 따위가 내 흥을 막을 수는 없었다.

"아이구, 현 주사 댁에 피양 명창 나셨네! 고만 힘주구 날래 기어 나오라우."

마당에서 빨래하던 어머니도 매번 긴 추임새를 넣곤 했다.

여학교에 다니는 건 즐거웠다. 요리 실습실에서 난생처음 서양

요리도 배우고 일요일이면 교회로 봉사 활동을 다녔다. 코 밑에 누런 콧물이 매달린 어린아이들과 실컷 놀아 준 다음에는 함께 성경을 읽었다. 노느라 진이 다 빠진 아이들은 꾸벅꾸벅 졸기 일쑤였다. 가을 체육 대회 때는 전교생이 운동장에서 매스 게임을 했다. 거대한 크기로 학교 이름을 만들었던 것 같다.

행복한 시절은 레코드판에 담긴 노래 한 곡의 길이만큼이나 짧았다. 턴테이블의 바늘이 예고도 없이 뚝 부러지고, 불운의 파도가 솟아올랐다. 그것도 두 차례나.

첫 번째는 신사 참배를 거부하던 우리 학교가 강제로 문을 닫게 된 것이다. 처음에는 집에만 있어도 심심치 않았다. 하루 종일 레코드판을 듣거나 노래를 불러 댔다. 하지만 내 노래에 울고 웃던 급우들이 눈앞에 없으니 허전했다. 노래는 혼자 부르는 게 아닌 것 같았다. 누군가 들어 줄 사람이 있어야 노래도 생명을 얻어 한 마리 나비처럼 사뿐사뿐 날아가는 것이었다. 듣는 사람의 심장을 향해.

가수가 되고 싶다는 것은 그저 막연한 꿈일 뿐, 몇 달 동안 축음기 태엽만 돌리면서 지냈다. 아버지는 새로운 사업으로 눈코 뜰 새 없이 바빴고, 어머니는 그 방면으로 아는 사람이 하나도 없었다. 연필대를 질겅질겅 씹다가 문득 좋은 생각이 떠올랐다.

"머이래, 기생 학교? 어드러케 그런 생각을 했네?"

바느질을 하던 어머니가 앞니로 실을 뚝 끊고는 혀를 끌끌 찼다.

"조선의 유명한 여자 가수들은 피양 기생 학교 출신이 많디 않깄시오? 노래두 배우구 춤두 배우구, 그래 재주를 익혀 노니까네 레코드 회사에서 신인으로 뽑아 주는 거 아니깄시오?"

포리돌이니 콜롬비아니 하는 레코드 회사에서 전국을 순회하며 신인 가수를 뽑는다는 말을 들은 적이 있었다. 회사마다 스카우트를 담당하는 학예부장이 있는데, 그 사람들 눈에 띄려면 준비를 해 두는 게 좋을 성싶었던 것이다. 기생 학교는 요즘으로 치면 연예인 지망생들의 훈련소 같은 곳이었다. 선우일선, 왕수복 같은 가수는 물론 석금성 같은 영화배우와 장연홍 같은 광고 모델이 모두 기생 학교 출신이었다.

어머니는 살포시 웃으면서 내 손을 잡았다.

"네가 노래를 퍽 잘하는 건 안다만 그거이 쉬운 일이 아니다. 조선 팔도에서 난다 긴다 하는 사람이 오데 한둘이네? 그 바닥에서 살아남을라문 경쟁은 좀 치열하갔네? 고저 음전하게 있다가 시집이나 가문 이 오마니는 더 바랄 거이 없갔어."

그건 어머니가 나를 잘 모르고 하는 소리였다. 나는 별로 얌전하게 지낼 수 있는 여자아이가 아니었다. 오히려 왈가닥에 가까웠다. 친구들을 몰고 다니며 선생님을 골탕 먹이거나 한바탕 일을 벌이는 게 내 특기였다. 한번은 교실 문 위에 지푸라기와 잡동사니가 담긴 놋그릇을 얹어 둔 적이 있었다. 파란 눈의 선교사 선생님이 수업 시간에 맞춰 들어오다가 그걸 옴팡지게 뒤집어쓰고 말았다. 때맞춰 급우들이 입을 모아 외쳤다.

"해피 버스데이!"

그날은 선생님의 쉰 번째 생일이었다.

내가 양손을 치켜들자 급우들이 동시에 손가락을 딱딱 튕겼다. 알토, 메조, 소프라노 파트가 차례대로 화음을 넣었다.

"해피—"

"해피—"

"해피—"

원곡에 당김음을 넣었다 뺐다 하면서 흥거운 리듬을 타고 화성이 점점 풍부해졌다. 치마저고리를 입고 몸을 좌우로 흔들며 짜스풍 노래를 부르는 여학생들은 그야말로 진풍경이었다. 나는 서양식 악보에 익숙하지 않아서 생일 축하 노래를 입으로 편곡해 급우들과 한 달 동안 연습한 터였다.

"해피 버스데이 투! 투! 유우우우!"

노래가 끝나자 선생님의 눈시울이 붉어졌다.

"캄사합니다, 캄사합니다."

그 순간 나도 행복감에 휩싸였다. 누군가를 행복하게 만들 때 비로소 내가 행복해진다는 걸 알았다. 아름다운 노래는 나비의 날갯짓에 실려 날아가 상대의 심장을 부드럽게 어루만진다는 생각이 들었다. 그러면 심장은 한 귀퉁이부터 서서히 달콤한 기운에 몰드는 것이다. 내 노래로 더 많은 사람의 심장을 어루만지고 싶었다. 나는 마음만 먹으면 못 할 것이 없는 현수인이었다. 그런데 아무것도 모르는 어머니는 얌전히 지내다 시집이나 가라니!

서운한 마음이 들어 내 방에서 꼼짝도 안 하고 있을 때였다.

"계십네까? 계십네까?"

낯선 남자의 목소리였다.

방문을 빼꼼 열고 바깥을 살폈다. 어머니가 앞치마에 손을 닦으며 마당으로 나서고 있었다.

검은색 제복을 입은 남자와 황색 제복을 입은 남자가 보였다. 황색 제복을 입은 쪽이 일본말로 지시하자 검은색 제복을 입은 남자가 조선말로 말했다.

"현 주사 어데 갔소?"

"우리 집 냥반 출타 중이신데, 무슨 일입네까?"

"당장 경찰서로 끌구 가야겠수다래."

국경 지방에서 온 듯한 남자의 거친 말투에 어머니의 얼굴이 하얗게 질렸다.

"우리 집 냥반이 무스기 죄를 짓고 그럴 냥반이 아닌데……."

마침 아버지가 대문 안으로 들어섰다. 종이에 싼 납작한 것을 옆구리에 끼고서.

갑자기 황색 제복이 허리춤에서 긴 칼을 뽑아 들었다. 칼끝으로 아버지를 가리키며 날카로운 목소리로 소리치자 검은 제복이 얼른 달려가 아버지의 팔을 우악스럽게 잡아끌었다.

"날래 가자우."

"이것 보오. 무스기 일인지 말이라도 해 줘야디 안 캤소?"

아버지가 완강히 버티자 검은 제복이 말했다.

"주세령 위반이우다. 밀주를 만들었으니 조사를 받아야지비."

"아니 밀, 밀주라니? 분명히 허가는 난 거이나 다름없다 들었는데. 얼마 전에 세무서장 나리랑 료릿집에서 함께 저녁을 먹었단 말이오."

"그거이 난 모르겠수다. 날래날래 가자우."

끌려가던 아버지가 마당에 떨어뜨린 것은 김해송의 「청춘 계급」 레코드판이었다. 아버지는 김해송보다 선우일선을 더 좋아했지만.

나는 레코드판을 껴안은 채 험상궂게 젖혀진 대문만 멍하니 바라보았다. 그 틈으로 어떤 탐욕스러운 미래가 침을 흘리며 다가올지 상상조차 하지 못했다.

3
- 햇귀의 시간 -

"햇귀야."

또 딴생각이니, 하는 눈으로 선생님이 내 팔을 툭 쳤다. 봉사 활동 할 집에 벌써 도착한 거였다.

할머니가 사는 집은 경복궁 서쪽, 서울 맹학교 뒤편 언덕배기에 있었다. 넓은 마당 한구석에 말라비틀어진 소나무 한 그루와 수도가 있는 2층짜리 붉은 벽돌집이었다.

모든 게 낡고 오래되어 보였다. 수도꼭지는 잔뜩 녹슬었고, 금이 간 벽돌 틈에서는 푸— 푸— 하고 마지막 숨이 힘겹게 새어 나오는 것 같았다. 집에도 생명이 깃들 수 있다면, 이 집은 병들어 죽어 가는 거대한 짐승처럼 보였다.

"일본이 우리나라를 강제로 통치할 때 비극적인 일이 많이 벌어졌단다. 할머니는 피해자 가운데 한 분이셔. 얼마 전에야 협회에 접수를 하셨지. 옛날에 다친 허리 때문에 이제는 거동이 불편하시대. 너희는 청소 봉사도 하고 할머니의 이야기도 같이 들을 거야. 알았지? 여러모로 건강이 안 좋으시니까 조심해서 행동해야 해."

어떤 비극적인 피해를 당한 할머니일까 궁금했지만 선생님의 당부는 그걸로 끝이었다. 할머니와 얼굴을 마주하고 차근차근 이야기를 들어 보라는 거였다.

우르르 방에 들어서자 할머니가 흠칫하더니 몸을 잔뜩 웅크렸다. 선생님이 일단 나가라는 눈짓을 했다. 태후와 나는 할머니의 얼굴도 못 보고 방을 나왔다.

문을 닫기 전에 돌아보니 침대에 누워 있는 작은 몸과 정수리가 눈에 들어왔다. 할머니는 상처 입은 애벌레처럼 웅크리고 있었다. 선생님이 가방에서 휴대용 녹음기를 꺼내는 게 보였다.

"햇귀신, 청소 분담 어떻게 할 거냐?"

거실로 나온 태후가 낮게 으르렁대듯 물었다. 우리 반 여자애들을 뿅 가게 하는 눈웃음 대신 성난 이빨이 보였다. 태후의 빽빽하고 가지런한 치열을 나 혼자 속으로 그렇게 부른다.

"내, 내가 1층 할게. 넌 2층 해."라고 말했다가 태후의 표정을 보고 금세 말을 바꿨다.

"다, 다 할게."

허둥지둥 걸레를 빨아 와 거실 바닥을 닦기 시작했다. 그러는 동안 태후는 낡은 감색 소파의 팔걸이에 걸터앉아 휴대폰을 들여다봤다. 전 세계 파이터들을 깨부수는 게임을 하거나 여고생 주인공이 권투 챔피언이 되는 웹툰을 보고 있겠지.

"아휴, 이걸 어째! 거실이 물바다가 됐네!"

카랑카랑한 목소리에 고개를 들어 보니, 부엌에서 일하고 있던 도우미 아주머니였다.

"오래된 나무 바닥인데 마른걸레질을 했어야지."

아주머니가 혀를 차며 다용도실로 뛰어가 마른걸레들을 가져왔다.

"죄, 죄송해요!"

나는 어쩔 줄을 몰랐다. 태후와 눈이 딱 마주치자 심장이 오그라드는 것 같았다. 태후를 곤란하게 하면 안 되는데.

그 뒤로 내가 저지른 사고의 연속이었다. 종량제 쓰레기봉투를 힘주어 묶다가 좍 찢어 버렸고, 세탁기 옆에 있던 통을 실수로 걷어차는 바람에 세제가 반이나 쏟아지고 말았다.

"무슨 일이니?"

방문을 열고 나온 선생님이 난감한 표정을 지었다.

"그, 그게 아니고……."

내 얼굴은 카레처럼 노래졌다가 카레 속의 당근처럼 벌게졌다. 선생님과 태후의 뜨거운 시선에 온몸이 곧 으깨져 버릴 태세였다.

2층으로 도망쳤다. 물론 최대한 자연스럽게 계단을 닦는 척했다. 계단 끝에 올라서자 좁은 복도 양쪽으로 문이 하나씩 보였다. 가까운 왼쪽 방으로 들어갔다.

낡고 좁은 방이었다. 가구라고는 하나도 없었다. 창문 맞은편으로 바닥에서 천장까지 길게 이어진 미닫이가 보였다.

드르륵.

미닫이 안은 위아래로 칸이 나뉜 커다란 벽장이었다. 아래 칸으로 기어 들어가 낡은 이불 더미에 풀썩 기대어 앉았다.

"으에에취!"

먼지 때문에 재채기가 났다. 벽장문을 닫자 벽장이 움찔하는 것 같았다. 기분 탓인지도 몰랐다.

곧 퀴퀴한 나무 냄새가 코를 찔렀다. 켜켜이 쌓여 있던 세월의 냄새 같은 것도 몰려왔다. 여긴 숨어 있기 좋은 곳이었다. 꼭 내가 숨어들기를 기다린 벽장 같았다.

왜 나는 태후와 눈이 마주치면 말을 더듬고 허둥대는 걸까? 어쩌다 나는 태후의 은밀한 빵 셔틀이 되어 버렸을까? 태후는 내게 어떤 존재일까? 생각할수록 답답하기만 했다.

시간이 멈춘 것 같은 정적이 찾아왔다. 바람 한 줄기가 뺨을 스쳤다. 좁은 지하 통로에서 불어오는 것처럼 눅눅한 바람이었다.

가만, 여기는 창문도 없는 벽장인데?

엉거주춤 허리를 숙인 채 벽장 구석을 더듬었다. 바람이 들어올

만한 통로 같은 건 당연히 없었다. 이불 더미를 건들자 뭔가가 땡그랑 소리를 내며 떨어졌다. 손으로 집어서 벽장 문틈으로 새어 들어오는 빛에 비춰 보았다.

낡았지만 아름다운 은빛 회중시계였다. 5백 원짜리 동전만 했는데, 둘레가 정교하게 14각으로 깎여 있었다. 뚜껑을 열자 하얀 원판에 아라비아 숫자와 'ELGIN'이라는 글씨가 보였다. 아래쪽 작은 원은 초침이 움직이는 공간이었다. 옆면에는 굵직한 태엽도 박혀 있었다.

태엽에 손가락이 닿는 순간, 벽장이 또 움찔했다. 잔뜩 배고팠다가 음식물을 삼켰을 때 위장이 반응하는 것과 비슷한 움직임이었다. 이상하다는 생각이 드는 찰나 노랫소리가 들려왔다. 약간 흥겨운 리듬이었고, 처음 듣는 노래였다. 벽이나 장막 너머에서 들려오는 것처럼 아련하게 울렸다.

"방에 누가 들어왔나?"

벽장문을 열고 내다보았지만, 방에는 아무도 없었다. 복도 건너편에 있는 방으로도 뛰어가 봤다. 역시 텅 비어 있었다. 사람이 지내는 흔적조차 없었다.

그렇다면 내 귀에 들린 그 소리는 뭐지? 오래된 집에는 귀신이 살기도 한다던데 설마 귀, 귀신?

"으악!"

등에 소름이 쫙 돋았다. 손에 들고 있던 회중시계를 벽장 이불 더미에 쑤셔 넣고 복도를 내달렸다. 계단을 뛰어 내려가다 그만 층계 밑 화장실에서 나오던 태후와 쾅 부딪혔다. 태후가 거실 바닥에 나동그라졌다.

"아얏!"

태후가 머리를 부여잡고 뒹굴었다. 그때 마침 선생님이 할머니의 방에서 나왔다. 태후는 벌떡 일어서서 내게 달려들려다 멈칫했다. 붉으락푸르락. 선생님 앞이라 꾹 참는 표정이었다. 아무도 없었다면 곧바로 내 명치에 주먹을 날리고도 남았을 거다.

선생님이 도우미 아주머니와 인사를 나누는 동안 먼저 쭈뼛쭈뼛 현관문을 나섰다. 마당의 말라비틀어진 소나무와 부딪쳐 한 바퀴 빙그르르 돌고 나서야 대문을 벗어났다. 태후가 금세 뒤쫓아 나왔다.

"캑캑! 미안해!"

태후의 한쪽 팔에 목이 감긴 채 용서를 빌었다. 태후는 분이 안 풀리는지 내 배에다 주먹을 날렸다. 핵 펀치였다. 선생님이 마당을 가로질러 오는 발소리가 들리자 태후가 표정을 가다듬으며 속삭였다.

"오늘 분량 아직 끝난 거 아니다."

이 말인즉슨 이따가 우리 집으로 쳐들어온다는 뜻이다. 그러잖아도 더운데 이마에서 식은땀이 삐질삐질 났다.

선생님과 태후의 뒷모습이 지하철 계단 아래로 차츰 사라졌다.

나는 다리가 땅에 박힌 듯 서서 그 모습을 멍하니 바라봤다. 태후와 같은 지하철을 타지 않으려고 엄마 심부름 운운하며 둘러댄 참이었다.

대체 왜! 선생님은 태후를 데리고 나타난 걸까? 태후라면 봉사 시간은 벌써 다 채우고도 남았을 텐데. 최고의 선생님이라 해도 교실 밖에서 벌어지는 진짜 사건은 모른다. 교묘한 난타와 소리 없는 비명, 보이지 않는 상처까지.

힘이 풀린 다리로 방금 왔던 길을 되짚어 걸었다. 맞은편에서 걸어오는 사람들과 자꾸만 부딪쳤다. 머릿속이 철 수세미처럼 엉켜 들었다. 이 봉사 활동을 계속해야 하는 걸까? 선생님을 생각하면 창피하고 태후 녀석을 생각하면 무섭다. 그냥 쨰 버릴까? 하지만 선생님께 무슨 핑계를 대지?

지잉지잉 지잉지잉.

손에 쥔 휴대폰이 몸을 떨었다. 액정에 뜬 이름은 태후였다.

전화를 받지 않자 문자가 날아왔다.

— 어디야? 빨리 보고해!

솔직히 여기가 어디인지 설명할 재간이 없다. 그냥 처음 와 본 동네의 골목길이다. 전화 한 번 안 받았을 뿐인데도 가슴이 벌렁거렸다. 그러다 등골이 싸한 느낌에 뒤돌아보니, 저만치에서 태후가 두리번거리며 걸어오고 있는 게 아닌가! 불시에 박치기를 당했으니 화가 나도 단단히 났을 거다. 반장 태후의 몸에 타격을 가한 사람은 3학년 3반에서 내가 유일할 테니까.

아뿔싸, 태후와 눈이 마주쳤다. 태후는 한 마리 늑대처럼 주저 없이 나를 향해 다가왔다. 늑대에게 물린 꿈이 떠올라 어깨가 욱신거렸다. 나는 눈에 보이는 골목으로 무작정 내뺐다.

무수한 골목으로 이루어진 동네였다. 좁은 골목이 마을버스와 사람들로 북적였다. 갈림길, 갈림길, 또 갈림길. 도망자에게 은혜를 베푸는 길임에 틀림없었다. 아랫배가 꼬이듯 아파 왔지만 멈추지 않고 달렸다. 또다시 나타난 세 갈래 갈림길에서 나지막한 오르막을 선택했다.

"헉헉! 헉헉!"

숨이 턱까지 차올랐다.

눈앞에 나타난 빵집으로 뛰어들었다.

고요한 빵집이었다. 세상의 모든 소음을 빨아들인 깊은 바다처럼 한없이 고요했다.

4
- 수인의 시간 -

2층 창문을 활짝 열었다. 저 아래로 파란색 총독부 지붕이 내려다보였다. 수많은 일본인 관리들이 높은 월급을 받으며 근무하는 곳. 이 집 주인인 후지모토 상도 조선 총독부 세무 감독국장이다.

응접실 달력에 '쇼와 15년* 3월 2일'이라고 쓰여 있었다. 홀로 경성에 온 지 일주일이 지났다. 마루에 엎드려서 듣는 조선 가수들의 레코드판도, 비 오는 저녁 부모님과 함께 먹는 녹두지짐도 기약이 없었다. 후지모토 상네 식모로 와 있는 한.

차디찬 감옥소에 있는 아버지를 생각하면 가슴이 미어졌다. 아

• **쇼와 15년** 1940년.

버지는 당국의 정식 허가를 받지 않고 술을 만들었다는 죄목으로 간혔다.

그 난리가 나던 날, 옆 동리에 사는 큰어머니가 헐레벌떡 달려왔었다. 큰어머니는 산송장처럼 늘어진 어머니를 일으켜 미음을 먹였다. 나는 겨우 잠든 어머니 옆에 쪼그려 앉았다.

"네가 모르는 비밀이 있단다."

큰어머니가 내게 다가와 두 손을 꼭 잡으며 말했다.

"머이 말임까?"

"큰아버지가 네 고모님이랑 만주에 계시는 건 알고 있지? 함께 곡물 사업을 하고 있다고."

나는 자세를 바로잡으며 귀를 기울였다. 큰어머니의 경성 말씨는 사람을 단정하게 만드는 기운이 있었다.

"사실 두 분은 조선 독립운동과 관련이 있단다. 네 아버지는 수익이 나는 족족 두 분 편에 독립 자금을 대셨어. 순사들이 꼬투리를 잡으려고 이제나저제나 감시하는 걸, 너는 몰랐을 게야."

"머이 어드레요?"

놀라서 입이 쩍 벌어졌다. 나처럼 삼일 운동 이후에 태어난 아이들은 '조선 독립'이라는 말도 들어 보지 못한 채 자라는 경우가 많았다. 학교에서는 일본어를 국어로 가르치고 매일 '황국 신민의 서사'를 외우게 했으며, 관청에서 서류 하나를 떼려 해도 신청서를 전부 일본어로 적어야 했다. 물론 이름도 일본식으로 개명해야 했다. 우리 세대는 점점 일본인으로 살아갈 수밖에 없다는 생각을 하게 되었다.

고모에 관해서는 어릴 때 들은 이야기가 있었다. 큰아버지의 영향을 많이 받은 고모는 1919년 봄 우리 고을 만세 운동의 주동자였다. 오일장이 서던 날, 댕기 머리 여학생들이 버선에 숨겼던 독립 선언서와 태극기를 꺼내 사람들에게 나눠 주고 '대한 독립 만세'를 외쳤다. 장터는 순식간에 독립을 염원하는 함성으로 들끓었다. 수십 명의 여학생이 경찰서로 연행되었지만, 지역 유지들과 외국인 선교사들이 힘을 써서 감옥신세만은 면했다는 것이었다.

그 후로 감시가 부쩍 심해져서 큰아버지와 고모가 함께 만주로 건너가 곡물 사업을 시작했다는 게 내가 아는 전부였다. 평양에 남은 아버지는 정미소에서 남만주산 콩, 기장, 팥 등을 팔았다. 그 곡물들을 만주에서 거둬다 아버지에게 넘기는 것이 큰아버지와 고모의 일이었다. 그런데 그것이 독립 자금을 전달하기 위한 접선이었다니!

"압록강 이북에서는 무장 독립군과 일본군이 오래전부터 전투를 벌이고 있단다. 어린 너에게까지 화가 미칠까 봐 비밀로 해 두었어. 그런데 꼬리가 길면 밟힌다고 하지 않던? 몇 달 전쯤 경찰에서 눈치를 챈 모양이더라. 증거를 잡으려고 해도 안 되니까, 명신상회 정 씨를 꾀어내 일을 꾸몄다는구나. 지난주에 세무서장이랑 세무과 주임을 대동하고 요릿집에 간 게 바로 그 사람이야. 세상에, 아무리 돈이 궁해도 그렇지……."

정씨 아저씨라면 나도 아는 읍내 잡화점 주인이었다. 아버지를 따라 새하얀 고무화를 사러 간 적이 있었다. 지난달에 가 보니 가게 문이 닫혀 있었다. 옆 가게 할머니 말로는 고무 공장에 다니던 정씨 아저씨의 딸도 실직자가 되었다고 했다.

"면회 가서리 아바디 얼굴은 좀 보고 오셨습까?"

"아이고, 얼마나 매질을 했는지 온몸이 퉁퉁 부었더구나. 눈도 제대로 못 뜨고."

큰어머니가 아버지에게서 들은 바에 따르면, 정 씨가 매물로 나온 양주장을 사라고 아버지를 꼬드긴 것은 석 달 전부터였다. 큰돈을 벌면 더 큰일을 도모할 수 있지 않겠느냐며 은근히 권하더란다.

하필 그즈음 아버지의 정미소 맞은편에 내지인*이 정미소를 내서 더 다양한 곡물을 더 싸게 팔기 시작했다. 규모로 밀고 들어오는 가게를 당해 낼 수야 없었다. 돌파구가 필요했던 아버지는 결국 정미소를 처분하고 양주장을 인수했다. 그런데 양주장 허가가 차일피일 미뤄졌다. 기다리다 못한 아버지가 정씨 아저씨를 만나 푸념하자 곧 요릿집에서의 회동이 마련된 것이었다.

"허가는 곧 내줄 터이니 우선 양주장을 가동해 술이나 잘 만들라고 하더란다. 세무서장이 직접 그렇게 말했다는데……. 그 말만

• 내지인 일본인.

믿고 덜컥 술을 만든 게 화근이지."

큰어머니는 옷고름으로 한참이나 눈물을 찍어 내고 나서야 집으로 돌아갔다. 과부나 다름없이 혼자 아들 셋을 키우던 큰어머니도 심장이 까맣게 타들어 가고 있을 터였다.

나는 집안 어른들이 다 잡혀가거나 돌아가실 것만 같은 불길한 예감에 사로잡혔다. 천애 고아가 되는 상상만으로 몸서리가 쳐졌다. 온몸이 퉁퉁 부은 아버지를 떠올리자 가슴에 대못이 박힌 것처럼 아파 왔다.

아버지가 보고플 때면 마루에 앉아 축음기 태엽을 감았다. 아무 레코드판이나 집어 얹고 바늘을 올렸다.

하늘하늘 봄바람에 꽃이 피면
다시 못 잊을 지난 그 옛날
지난 세월 구름이라 잊자건만
잊을 길 없는 설운 이 내 맘

따라 부르다 정신을 차려 보면 선우일선의 노래였다. 너무 구슬프지도 않고 너무 째지지도 않고 참기름을 바른 것처럼 윤기가 흐르는 선우일선의 목소리. 아버지가 그토록 좋아하는 가수. 선우일선을 따라 노래를 부르고 또 불렀지만 아버지는 돌아오지 않았다.

아버지 대신 검은 제복을 입은 순사 보조가 다시 찾아왔다. 문틈으로 유난히 눈을 희번덕거리는 얼굴이 보였다. 어머니와 심각한 이야기라도 나누는가 싶었는데 곧 언성이 높아졌다.

"고저 이 집 에미나이래 후지모토 상 댁에서 식모살이를 하믄 현 주사래 재판에서 유리하다 하지 않슴둥?"

"아이구, 아이 되오! 아이 되오!"

"현 주사래 감옥소에 오래 있어두 상관없단 말이지비?"

"그거이 아니라⋯⋯."

펄펄 뛰던 어머니가 퇴지*에 털썩 주저앉고 말았다. 방에 숨어 있던 나는 순사 보조가 사라지자마자 어머니 옆으로 달려갔다.

"오마니, 정신 차리시라요."

"하눌도 무심하시디. 네래 끌려가믄 나는 뉘기를 보구 살란 말이네. 아이구아이구!"

후지모토 상은 아버지의 목숨 줄을 쥐고 있는 세무서장이었다.

'내가 술을 만들라고 허락했습니다.'

이 말 한마디면 아버지가 풀려날 수도 있다. 증언해 달라고 사정하면 들어줄지도 모른다. 하지만 그냥 부탁하기에는 염치가 없으니까 당분간 나더러 식모살이를 해 주라는 것이다. 순사 보조가 그렇게 말했다.

다만 후지모토 상이 조선 총독부 세무 감독국장으로 영전*해 경

• **퇴지** 토방. 마당과 마루 사이에 편평하게 다져 올린 흙바닥.
• **영전** 승진.

성으로 간다는 게 마음에 걸렸다. 나는 고향 땅을 떠나 본 적이 단 한 번도 없었던 것이다.

밤새 고민한 끝에 결심했다. 내가 식모살이를 가면 아버지가 풀려날 수도 있다. 생면부지 남의 집에 식모로 간다는 게 두렵고 또 두려웠지만, 자식 된 도리로 못 들은 척할 수는 없었다. 모든 것은 마음먹기에 달려 있다고 스스로를 다잡았다.

"오마니, 걱정 마시라요. 내레 아바디를 꼭 살려 내갔시오."

"아이 된다. 아이 된다, 수인아!"

어머니의 뺨 위로 하염없이 흐르는 눈물을 몇 번이나 닦아 드렸다. 차마 떨어지지 않는 발걸음으로 경성에 온 것이다. 나의 보물 2호들 중에서 짐 보따리에 들어간 것은 김해송의 「청춘 계급」 레코드판 하나였다.

붉은 벽돌로 지어진 일본식 이층집은 낯설기 짝이 없었다. 퇴지에서 댓돌을 딛고 대청마루에 올라서는 대신 현관문을 열고 곧장 마루로 들어섰다. 대나무로 만든 다다미가 깔린 바닥에 발을 디딜 때마다 지금까지와는 전혀 다른 세상으로 들어가고 있다는 느낌을 받았다.

집 안에 층계가 있는 것도 놀라운데, 그 층계 아래에 뒷간이 있는 걸 보고는 기함을 할 뻔했다.

'아이구, 숭허게스리 냄새나는 뒷간 옆에서 밥이 목구멍으로 넘어가네?'

하지만 나무 덮개로 구멍을 덮어 두면 생각보다 냄새가 심하지 않았다.

내 눈을 잡아끈 것은 오시이레였다. 바닥에서 천장까지 이어진 미닫이문을 열면 나타나는 커다란 벽장. 창문 높이에 달린 아담한 조선식 벽장과 달리 사람도 들어가 앉을 만큼 컸다.

후지모토 상이 가족을 모두 이끌고 외출한 어느 오후였다. 김해송의 레코드판을 끌어안고 오시이레 안으로 들어갔다. 문을 닫고 이불 더미에 기대앉았다. 아직 한 번도 들어 보지 못한 「청춘 계급」을 상상하며 눈을 감았다.

캄캄한 오시이레 안에서 바람이 느껴졌다. 정신을 집중하지 않으면 느낄 수 없을 정도로 미세한 바람이었다.

'아직 초봄이라 바깥바람이 새어 들어오는 게지.'

바람 냄새를 맡으려고 코를 킁킁거렸다.

고향 집 마루에 걸터앉아 맡던 봄날의 꽃향기가 떠올랐다. 벽장 문을 열고 나갔을 때 고향 집 마루가 나타난다면. 아버지가 축음기 태엽을 감고 있다면. 나는 김해송을 좋아하지만 선우일선의 노래를 먼저 들어도 좋은데……

나는 더 이상 여학생이 아니었다. 흥이 오를 때 노래할 자유 같은 것은 없었다. 그 대신 아버지를 위해 좋은 식모가 되려고 애쓰는 중이었다.

후지모토 상은 어찌나 목욕을 좋아하는지 매일 오후 5시 30분이면 어김없이 목욕탕에 들어섰다. 욕조로 쓰는 커다란 가마솥에 매번 새로 목욕물 받아 두는 일을 절대 잊지 말아야 했다. 솥에 물을 부으려면 물동이를 들어 올리느라 어깻죽지가 빠질 것 같았다. 처음 며칠은 몸살을 심하게 앓았다.

정원에 준수하게 뻗어 나간 소나무 한 그루가 있는데, 후지모토 상이 손수 물을 주었다. 가끔 천 조각으로 솔잎을 반질반질하게 닦기도 했다. 그 일까지 떠맡지 않아 다행이었다.

"가시면 언제 온담, 가시면 언제 온담. 울면서 떠나가는 당신은 바보……."

응접실에서 걸레질을 하며 나지막이 노래 가사를 중얼거릴 때였다.

"하쓰! 어서 학교로 마중 가지 않고 뭐 하니!"

주인아주머니의 호통이 불벼락처럼 떨어졌다. 나는 괘종시계를 보자마자 화들짝 놀라 일어섰다. 여학교에 다닐 때 일본어로 수업을 들었기 때문에 말귀는 금세 트였다. 하지만 '하쓰'라는 이름은 도무지 이해가 되지 않았다.

정동에 있는 경성 제일 고녀*까지 헐레벌떡 달려갔다. 내 이름은 하쓰가 아닌데 왜 자꾸 하쓰라고 부르는지 궁금해하면서.

붉은 벽돌 건물에서 짙은 남색 교복을 입은 수백 명의 여학생들

• **경성 제일 고녀** 경성 제일 공립 고등 여학교. 주로 일본인 자녀들이 다녔다.

이 막 쏟아져 나오고 있었다. 간신히 하교 시간에 맞춰 온 것이다.

단발머리 여학생들 사이에서 낯익은 얼굴을 발견했다.

"하루코!"

반갑게 이름을 부르는 순간 하루코의 싸늘한 눈빛과 마주쳤다. 나를 순식간에 죄인으로 만들어 버리는 그 눈빛.

하루코가 얼음처럼 차가운 목소리로 말했다.

"가까이 오지 마. 조센진."

5
- 햇귀의 시간 -

그 애는 내가 바로 옆에 다가섰는데도 알아차리지 못했다. 카운터에 앉아서는 자기가 써 놓은 글자들을 뚫어져라 보는 중이었다. 안경을 고쳐 쓰고 그걸 읽어 봤다.

"푸른 바람의 유령?"

나도 모르게 소리를 냈다. 판타지 소설 제목인가? 아니면 새로 나온 게임 캐릭터?

"아라, 비쿠리시타와(어머나, 깜짝이야)!"

그 애가 화들짝 고개를 들었다.

진공의 바다처럼 고요하던 빵집에 갑작스러운 파문이 일었다.

"어, 니혼진데스카(일본 사람이에요)?"

"하이(네). 아나타 니혼고가 조즈데스네(당신, 일본어가 훌륭하신데요)."

내가 묻고 그 애가 답했다. 그 애의 칭찬 한마디에 똑바로 얼굴을 쳐다볼 용기가 솟았다.

눈썹을 따라 일직선으로 자른 앞머리에 동글동글한 얼굴. 그 얼굴이 나를 향해 웃고 있었다. 슬로 모션의 한 장면처럼 웃음의 정점에서 왼쪽 뺨에 볼우물이 팼다. 덧니 하나가 수정처럼 반짝였다. 결코 예쁜 얼굴이 아닌데 뭐랄까, 인상적인 얼굴이었다. 한번 보면 결코 잊을 수 없는.

그 애의 이름은 유메라고 했다. 유메는 '꿈'이라는 뜻이다. 나는 자칭 일본 애니메이션 마니아이고 웬만한 일본어는 대충 알아듣는다. 유창하게 말하는 건 조금 어렵지만.

끄적인 낙서를 보니, 유메는 한국말을 좀 아는 것 같았다.

"푸른 바람의 유령. 이게 뭐죠?"

"인디언식 이름이요. 태어난 연도와 월, 일에 따라서 지어요."

유메가 컴퓨터 화면에 띄운 인디언식 이름 표를 보여 주었다. 표에 의하면 '푸른'은 태어난 연도의 끝자리가 1이라는 거고, '바람의'는 12월에 해당되며, '유령'은 17일에 해당된다.

"2001년에 태어났어요? 그럼 나랑 동갑인데!"

"하이, 하이. 맞아요."

"그럼 우리 반말할까? 동갑이면 친구니까."

유메는 아직 반말을 배우지 못했다고 했다. 작년 겨울부터 한국 드라마를 보며 한국말을 익혔는데, 특히 사극을 많이 봤다고 했다. 어쩐지 말투가 고전적이더라니.

"해키 꿍(君)? 한글 이름이에요? 나마에니와(이름에는) 무슨 뜻 있지요?"

"이른 아침에 처음으로 비치는 햇살이래. 아빠가 지어 주셨어."

"혼토니(진짜로) 멋있네요."

일본말과 한국말 섞어 쓰기. 유메의 말버릇이 재미났다.

하지만 내 이름이 멋있기는! 오햇귀. 학년이 바뀔 때마다 먹잇 감을 찾는 녀석들에게 덥석 물어뜯기는 이상한 이름. 처음으로 비 치는 햇살이고 뭐고 간에 구역질 나게 싫다.

"오 해끼 데이! 오 해끼 데이!"

이렇게 노래로 놀리는 건 그나마 양반이다.

"내가 햇병아리, 햇감자는 들어 봤어도 햇귀는 첨이다. 새로 나 온 귀신이란 뜻이냐?"

우민이 덕분에 나는 우리 반의 햇귀신이 되었다. 기척도 없이 나 타나는 게 내 특기이다 보니, 햇귀신이란 별명이 아주 틀린 건 아 니었다.

"쟤 영어 비디오 볼 때도 대사를 귀신같이 따라 해서 애들이 욜 라 짜증 냈어."

초등학교 때 같은 반이었던 녀석이 거들었다. 「인어 공주」 볼 때

왕자의 대사 좀 따라 했기로서니 그게 뭐 흠이라고. 서양 사람처럼 타고난 곱슬머리에 영어까지 잘한다며 선생님이 얼마나 칭찬했는지도 모르고.

어쨌든 기척 없이 다니는 그 특기 탓에 태후의 은밀한 빵 셔틀이 된 건지도 모르겠다.

"헷귀신, 매점 튀어 가서 빵 좀 사 와라. 슈크림으로."

태후가 속삭이면 나는 소리도 내지 않고 복도를 뛰어간다. 사 온 빵은 다른 애들 눈에 띄지 않게 태후의 책상 서랍에 고이 넣어 두어야 한다. 빵 셔틀 티라도 내는 날에는 가만두지 않겠다고 태후가 은근히 엄포를 놨었다. 아이들에게도 선생님들에게도 결점 없는 최고의 인기남으로 남고 싶은 거다.

태후는 나를 쫓아오다가 어느 골목쯤에서 길을 잃은 모양이었다. 빵집까지 쫓아오지 않아 다행이다. 평생 서로 다른 골목길에서 마주치지 않고 살 수 있다면 좋겠다. 불가능한 얘기라는 건 나도 안다. 보통 골목이라면 모퉁이에서 마주치게 되어 있고, 막다른 골목이라면 덜미를 잡히게 되어 있으니까. 이러다 집에 돌아가면 언제 태후가 쳐들어올지 몰라 전전긍긍할 테지.

가혹한 내 운명에 치를 떨며 컴퓨터 모니터에 바싹 다가갔다.

"인디언식 이름? 나 한번 해 봐도 돼?"

"아타리마에사(당연하지)."

"태어난 해는 유메랑 똑같으니까 '푸른'이고, 1월은 '늑대'네.

그리고 26일은…… '뭐뭐의 파수꾼'. 그러면 '푸른 늑대의 파수꾼'이 되는 건가?"

강철 활과 화살집을 메고 늑대로부터 양 떼를 지키는 들판의 용사가 떠올랐다. 나와는 거리가 멀어도 한참 먼 이미지였다. 파수꾼이라니, 내 몸 하나 건사하지 못하는 주제에 누굴 지킨다고.

인디언의 세계는 사람의 한계를 뛰어넘는 마법과 환상으로 가득하다고 어느 책에서 읽었다. 내 인디언식 이름에 마법과 환상이 단 1그램이라도 깃들어 있다면 얼마나 좋을까.

"도테모 이이 나마에(굉장한 이름)! 마음에 들어요?"

"잘 모르겠어. 근데 이름을 새로 지으면 뭔가 달라지나? 지금까지와는 다르게 산다든지 말이야."

"에에? 세칸도 운메이(두 번째 운명)!"

유메가 잠깐 생각하더니 손가락을 딱 튕겼다.

"해키 꿍, 「센과 치히로의 행방불명」을 아시요?"

"아타리마에사(당연하지)."

이번엔 내가 일본말로 대답했다. 너무 당연해서 나온 말이다. 일본 애니메이션이라면 내 또래 중에서도 많이 본 축에 속하니까. 나와 친해지려는 애들은 없어도 애니메이션 추천해 달라는 애들은 많다.

"치히로는 터널을 지나 환상 세계로 간 다음에 이름이 '센'으로 바뀌었어요. 그걸 보면서 상상했지요. 이름을 바꾸면 전혀 다른 세계로 갈 수 있지 않을까,라고요."

"이름에 따라서 인생이 달라질 수도 있다는 거야?"

"하이, 하이. 그런 상상이 새로운 세상을 연다고도 볼 수 있어요."

근사한 말이었다. 상상이 새로운 세상을 연다. 이참에 이름을 바꿀까? 어쩐지 유메와는 말이 잘 통할 것 같은 예감이 들었다.

손님 한 무리가 빵집으로 들어섰다. 나는 그만 가 봐야겠다고 말했다. 사실은 더 있고 싶었지만, 장사를 방해하고 싶지 않았다.

"반마르 배우고 싶스므니다. 다음에 꼭 가르쳐 주시요."

"진짜 나한테 배우고 싶어?"

"하이, 하이."

어느새 내 손에 유메가 준 카스텔라가 들려 있었다. 입 안에서 살살 녹는 달콤한 카스텔라.

구름 위를 날아서 집에 왔다. 정말 구름 위를 난 것 같았다.

침대에 벌러덩 드러누웠다. 젖꼭지 사이로 바람이 스며드는 기분이었다. 살랑대는 바람이 시간 가는 줄도 모르고 내 심장을 간질였다.

새벽녘의 늑대 꿈이 무시무시했기 때문에 유메와의 만남은 뜻밖이었다. 처음 보는 여자애와 아무렇지도 않게 대화를 나누다니. 그것도 애니메이션에서 막 튀어나온 듯한 귀여운 일본 여자애와. 고전적인 그 말투, 어쩔 거야.

제일 좋았던 건 나에 대해 아무것도 캐묻지 않았다는 거다. 키는 왜 그렇게 작으냐, 머리는 왜 이렇게 구불거리느냐, 학생이 벌써부터 파마냐…….

혹시 유메가 나한테 반했나? 첫눈에 사랑에 빠진 건가? 아, 어떡하지. 이래 봬도 난 로맨스보다는 판타스틱하고 스펙터클한 애니메이션을 즐겨 보는 사나이 중의 사나이인데. 사랑보다는 액션! 무협!

딴생각을 해 보려고 했지만 간지러운 바람은 멈추지 않았다.

"으하하하하! 으하하하하!"

미친 사람처럼 웃어 댔다.

참, 유메는 빵집 주인의 딸일까? 아니면 알바? 그러면 빵집 주인도 일본 사람? 궁금한 모든 것을 다음에 물어보자. 근데 그 빵집에 다시 갈 수 있을까? 나처럼 용기 없는 놈이.

"아웅! 나중 일은 나중에 생각하자."

설렘에 겨워 카스텔라를 한입 크게 베어 물었을 때였다.

삑 삑삑삑 삑삑.

현관문 비밀번호 누르는 소리가 들렸다. 절대 바뀌지 않을 그 번호. 아빠의 생년월일.

덜커덩 문이 열리고 닫혔다. 서둘러 신발 벗는 소리가 나고 곧이어 내 방문이 왈칵 열렸다.

달큰한 눈웃음. 태후였다.

"원투 슉슉! 원투 슉슉!"

태후가 방으로 들어서자마자 사정없이 펀치를 날렸다.

상체를 숙여 좌우로 흔들흔들, 어퍼컷! 잽 잽, 스트레이트!

"으으……."

나는 한 손으로 턱을 잡고 다른 손으로 배를 움켜쥐었다. 내장이 터질 듯한 고통이 밀려왔다.

"그니까 전화는 왜 안 받아! 아까는 왜 튀었어! 건방진 새끼는 하루 세 번씩 맞아야 돼."

태후가 날아 차기를 선보였다. 그 바람에 나는 바닥으로 나동그라졌다. 코끝에 걸려 있던 안경이 나동그라졌다.

"그래 맞아야 돼. 너 들어올 때까지 망보느라 얼마나 힘들었다고."

뒤따라 들어온 우민이가 투덜댔다.

"그, 그게 벨 소리를 못 들어서……."

"됐고, 선물 가져왔어."

태후가 눈짓을 하자 우민이가 은박지에 싼 물건을 건넸다.

"먹어. 맛있을 거야."

태후가 말하자, 우민이도 맞장구를 쳤다.

"맛있을 거야. 얼른 먹어."

은박지를 벗기자 세모꼴로 썬 샌드위치가 나왔다. 식빵 사이에 크림치즈라도 발라 넣은 것처럼 보였다. 조심스럽게 한입 베어 물었다.

입 속이 화했다. 지나치게 화해서 맵게 느껴질 정도였다.

"뱉으면 죽어."

태후의 눈웃음은 사라지고 성난 이빨만 남았다. 시원한 입매 안쪽으로 빽빽하게 들어선 치열. 사소한 틈도 놓치지 않겠다는 듯한 완벽주의 치열.

눈가에 맺힌 눈물방울을 훔치며 꾸역꾸역 치약 샌드위치를 삼켰다. 토할 것 같았지만 그랬다간 태후의 주먹이 명치로 날아들 판이었다. 태후는 때려도 티 안 나는 데만 공략했다.

"빨리 라면이나 끓여."

태후는 한마디 툭 던지고 내 컴퓨터를 켰다.

"라면이나 끓여."

우민이가 태후 옆에 다소곳이 앉았다.

"봤고, 봤고, 봤고, 봤고. 어, 이건 안 본 거네."

태후가 클릭한 건 「센과 치히로의 행방불명」이었다. 나는 벌써 두 번이나 본 거다.

라면 물이 끓는 동안 얼른 화장실에 가서 입을 헹궜다. 헹궈도 헹궈도 목구멍에서 치약 냄새가 올라왔다.

태후는 라면을 먹기 전에 티슈를 한 장 뽑아 젓가락 끝을 닦았다. 나는 침대 옆에 쪼그려 앉았다. 충성스러운 개처럼 그렇게 앉아 있어야 한다. 태후가 라면을 먹으며 애니메이션을 다 볼 때까지.

마법의 음식을 함부로 먹은 치히로의 엄마, 아빠가 뒤룩뒤룩한 돼지로 변하는 장면이 나왔다. 태후가 장난으로 토하는 시늉을 했다. 내 라면에 마법을 걸고 싶었다. 마법을 걸었다 치고 저주를 퍼부었다.

'너희도 내 라면을 먹고 돼지나 되어 버려라.'

나에게 진짜로 마법의 힘이 있다면 저주가 빛을 발할 텐데.

아까 유메가 했던 말이 떠올랐다. 이름을 바꾸면 삶이 바뀔 수도 있다. 환상 세계로 들어갈 수도 있다. 환상 세계에서 치히로의 이름이 센으로 바뀐 걸 거꾸로 생각하면.

'푸른 늑대의 파수꾼'이란 이름이 나를 환상 세계로 데려다줄까? 그러면 나는 온갖 궂은일들을 해결하고 누군가를 지켜 낸 영웅이 될 수 있을까? 센이 어려운 문제를 해결하고 돼지가 된 부모님을 구해 현실로 돌아온 것처럼.

눈을 감고 그 뿌듯한 감정을 상상해 봤다. 오그라든 심장의 주름이 조금은 펴지는 기분이었다. 어쩌면 유메를 만난 것부터가 새로운 운명의 시작인지도 몰랐다.

6
– 수인의 시간 –

천국과 지옥에 대해 생각한다. 숨이 다할 때가 되었는가 보다.

나는 평생 동안 일만 했다. 죄를 지을 틈이라고는 없었다. 해방 후에 노점에서 숯도 팔고 머리에 광주리를 이고 다니며 채소도 팔았다. 당근이며 양파며 갖가지 채소들로 광주리를 무겁게 채워 잘 사는 동네를 돌면 수입이 짭짤했다.

돈이 조금 모여서는 국밥집을 열었고, 한국전쟁 통에 고아가 된 사내아이를 양자로 입양해서 대학까지 보내 주었다. 그게 내 인생에서 제일 보람 있는 일이다. 착한 일을 했으니 어쩌면 나는 천국에 갈지도 모른다.

하지만 내 마음이 지옥이다. 뱀들이 득시글거리는 강에 빠지거나 얼어붙은 계곡을 발가벗고 헤맨다 해도 내 마음의 지옥보다는 못할 것이다. 소스라치게 비명을 지르며 깨어나는 밤. 온전한 잠을 너덜너덜하게 가위질하는 기억. 잊으려고 애써 봤지만 떠올릴수록 생생하기만 하다.

칠십 년.

세상에나, 칠십 년이 흘렀다. 그런데도 기억은 언제나 제자리라니!

그 비참한 일이 있기 전까지는 식모 생활이라도 그럭저럭 견딜 만했다. 아침마다 하루코를 학교에 데려다주고 돌아와 설거지와 청소, 빨래를 했다. 오후가 되면 하루코를 데려온 뒤 후지모토 상의 목욕물을 받아 놓고 저녁 준비를 했다. 주인아주머니, 그러니까 하루코의 어머니인 노리코 상은 식구들이 먹는 밥만은 자기 손으로 차리고 싶어 했지만 젓가락처럼 깡말라서는 언제나 병치레였다. 대구 친정에 가 있을 적이 많았다.

하루코 때문에 종종 기분이 상했다. 나보다 한 살 어렸지만 나를 언니는커녕 사람으로도 보는 것 같지 않았다. 언제나 도도하게 고개를 치켜들고 세 발짝 앞서 걸었다. 나란히 걷는 법이 단 한 번도 없었다. 그런 하루코를 몸종처럼 따라다니는 게 어찌나 고역이던지. 다 큰 처녀 애를 학교까지 배웅하고 마중 나가는 게 이상하게 생각되었다.

'후지모토 상은 나를 경성까지 데려와 놓고 왜 아무 말이 없는

거지⋯⋯.'

내가 먼저 말을 꺼내기도 조심스러웠다. 후지모토 상의 얼음장 같은 표정과 마주하면 쉽게 입이 떨어지지 않는 것이었다. 괜히 말을 잘못 꺼내 심기를 건드리면 감옥소에 있는 아버지에게 더 큰 피해가 갈 수도 있었다. 후지모토 상의 눈치를 보다가 한 달 열흘이나 흘려보내고 말았다.

그러던 중 어머니로부터 편지가 왔다. 재판소에서 후지모토 상의 얼굴은 볼 수도 없었으며, 정 씨와 세무서 직원 일당이 거듭 발뺌을 하는 바람에 아버지에게 엄청난 벌금형이 선고되었다고 했다. 양주장 사업의 앞날을 지나치게 낙관한 아버지는 정미소 처분한 돈의 상당 부분을 이미 만주로 보낸 뒤였다. 벌금 낼 돈이 모자라 결국 징역을 살게 되었다는 기막힌 내용이었다.

후지모토 상을 이해할 수 없었다. 자기 입으로 술을 빚으라고 권했으면서 왜 모르는 척하는 것인지. 앞에서 하는 말과 뒤에서 하는 행동이 이토록 다를 수가 있을까!

더 이상 경성에 머물 필요가 없어졌다. 새벽에 옷가지를 대충 싸 놓고, 출근 준비를 하는 후지모토 상 앞으로 나섰다.

"집에 돌아가겠다고? 뚱딴지같은 소리로 내 시간을 빼앗지 마라."

후지모토 상의 얼굴이 일그러졌다. 능금을 먹다가 반 도막 난 벌레라도 발견한 표정이었다.

"식모로 와 있으면 아버지를 풀려나게 해 준다고 해서 따라온 것입니다만……."

"나는 그런 약조를 한 기억이 없다."

"순사 보조가 그렇게 말했단 말입니다……."

내 목소리는 한없이 기어들어 갔다. 응접실 벽에 걸려 있는 긴 칼에 자꾸만 눈이 갔다. 일본 사람들은 툭하면 칼을 휘두른다는 소문을 들은 적이 있었다.

후지모토 상이 참을 수 없다는 듯 언성을 높였다.

"너는 이 집에 고용되었다는 걸 모르나! 삼 년의 계약 기간을 채우기 전에는 네 마음대로 나갈 수 있는 게 아니다. 대가는 그놈이 원하는 대로 일시불로 치렀으니, 따지려면 너를 식모로 소개한 그놈에게 따져라."

"저는 그런 말을 들은 적이 없……."

"나가 보도록."

단칼에 자르듯 이야기가 끝났다.

노리코 상이 시킨 접시 설거지를 하는 내내 온몸이 부들부들 떨렸다. 벌건 대낮에 코를 베어 가도 유분수지, 그 순사 보조가 나를 일본인에게 팔아넘겼다는 말인가? 아무런 죄도 없는 나를? 계약서 한 번 본 적 없는데 삼 년이라니! 내 청춘을 식모살이로 보내라니! 적어도 내 꿈은 식모가 아니었다.

쨍그랑!

귀한 접시 하나가 박살이 났다. 노리코 상이 놀라 뛰어왔다.

내 뺨에서 불이 번쩍했다. 하지만 통증이 느껴지지 않았다. 정신이 몸에서 빠져나와 허공 어딘가를 붕붕 떠다녔다.

밤새 기가 차서 잠을 이룰 수 없었다. 눈물도 나오지 않았다. 이 사실을 어머니가 알면 당장 그 순사 보조에게 달려가 따지리라. 하지만 이런 짓을 아무렇지도 않게 하는 파렴치한이 어머니를 어떻게 대할지는 불 보듯 뻔했다.

'도망쳐야 한다!'

어제 아침에 싸 두었던 보따리를 집어 들었다. 이대로 경성역으로 달려가 기차만 타면 된다.

복도로 나서는 순간, 발이 얼어붙었다. 뒷간에 다녀오던 하루코와 눈이 딱 마주친 것이다. 하루코의 시선이 내 가슴에 안긴 짐 보따리에 꽂혔다.

정적.

나의 숨소리와 하루코의 차가운 눈빛만이 새벽 공기를 수차례 가로질렀다.

"오토상! 오토상!"

하루코는 계단을 뛰어 내려가며 소리를 질러 댔다.

정신이 번쩍 들었다. 보따리를 오시이레에 던져두고, 허둥지둥 일꾼복으로 갈아입었다.

이윽고 계단을 올라오는 묵직한 발소리가 들렸다.

"뭐하는 짓이냐?"

서슬 퍼런 목소리에 기죽지 않으려고 이를 악물었다. 앞치마에 손을 닦고 차분히 걸레를 가리켰다.

"미뤄 두었던 복도 청소를 하고 있습니다만."

후지모토 상이 나를 찬찬히 훑어보았다.

"도망치는 사람처럼 보이지는 않는군. 하루코, 확실치 않은 일로 나를 귀찮게 하면 안 된다. 아버지는 바쁜 사람이야."

하루코가 억울하다는 듯 항변하려다 후지모토 상의 굳은 얼굴을 보고 입을 다물었다.

"혹시나 해서 당부해 두는데."

계단을 내려가려던 후지모토 상이 말을 이었다.

"허락 없이 이 집을 나가는 즉시 너는 사기죄로 고소당할 것이다. 벌금을 낼 여력이 없다면 감옥에 가야겠지. 법을 지킬 줄 모르는 네 아비처럼 말이다."

후지모토 상과 하루코가 계단 아래로 사라지자 나도 모르게 털썩 주저앉았다.

손가락이 으스러져라 주먹을 쥐었다. 온몸이 치욕으로 떨렸다. 한 입으로 두말하는 파렴치한이 지금 누구더러 법 운운하는 것인지 몰랐다.

'사기죄 좋아하시네. 사기는 그 순사 보조가 친 거라고. 제대로 알지도 못하면서 총독부 관리라고 으스대기는!'

이를 바드득 갈았다. 도망칠 기회를 엿보는 수밖에 없다. 기찻삯만 모으면 고향으로 돌아가는 것은 식은 죽 먹기이다. 하지만 월급도 못 받는 처지에 어떻게 기찻삯을 모은담!

고향 집으로 편지를 썼다. 어머니는 어서 돌아오라며 답장과 함께 기찻삯을 보내왔다. 어머니는 어머니대로 순사 보조를 만나 볼 테니, 법을 잘 알아보고 행동하라는 당부도 잊지 않았다.

매일 새벽 짐 보따리를 가슴에 안고 내 방문 앞을 서성였다. 후지모토 상이 괜한 엄포를 놓은 것은 아닐까? 이대로 도망치면 참말로 감옥소에 가는 것일까? 순사 보조가 거짓 계약을 꾸몄다는 사실을 밝히면 되지 않을까?

시간은 자꾸 흘렀다. 선우일선은 열여섯 살에 음반을 냈고 왕수복은 열일곱 살에 음반을 냈다. 지금 내 나이 열네 살. 삼 년 후면 열일곱 살. 그다음에 기생 학교에 들어가 삼 년쯤 수업을 듣고 졸업하면 스무 살이 넘고 만다. 졸업하자마자 음반 회사의 학예부장 눈에 띄리라는 보장도 없다. 설사 눈에 띈다고 해도 그렇게 나이 든 신인 가수가 어디에 있단 말인가.

폭삭 늙어 버린 기분에 사로잡혔다. 도망칠 기회를 엿보는 사이에 세상이 망할 것만 같았다.

5월이 왔다. 창문을 열어젖히자 창의문 밖의 살구꽃, 북악산 중턱의 진달래와 복사꽃, 인왕산 밑두리의 개나리가 눈에 들어왔다. 꽃이란 꽃은 죄다 아름다웠다. 그중에서도 연분홍 복사꽃이 흐드러진 풍경이야말로 경성의 최고봉이었다. 꽃놀이에 점수나 매기고 있을 처지는 아니었지만 눈앞의 아름다움에 정신이 팔리는 것은 어쩔 수 없었다. 나는 잠자리의 날갯짓만 봐도 웃음이 나는 열네 살 소녀였으니까.

아침에 하루코를 학교에 데려다준 후 곧장 광화문통으로 달려 갔다. 광화문통 동아일보사 앞에 가면 신문을 읽을 수 있었다. 완전히 공짜였다. 신문사 앞에 입식 진열대가 있고, 거기에 신문이 한 장씩 풀로 붙여져 있었다. 오가는 사람들이 심심찮게 그 앞에 서서 신문을 읽었다.

정각이 되기 전에 광화문통 넓은 거리는 우리 애독자들의 인파로 뒤덮이다시피 되었다. 젊은이, 늙은이, 아가씨, 어린이, 학생들이 부민관을 향하여 행진하고 광화문통 부민관 앞 전차 정류장에는 몰려드는 사람의 물결을 정리하랴고 임시 정리원이 출장하는 현상이다.
……「농부가」의 소박하고 자연적인 장면에 박수와 환호와 웃음의 꽃이 장내에 피고 「향수 열차」 「벙어리 이별」 등의 노래와 「검무」 「영산무」 「방아타령」 등의 고전적 연기에 장내에 모였던 애독자들은 이구동성으로 절찬 대찬하여 마지않았다.

동아일보사에서 주최하는 연예 대회 기사였다. 대회는 어제 저녁 7시에 열렸다고 했다. 길 건너편에 웅장하게 서 있는 부민관을 바라보았다. 대회를 구경한 사람들은 얼마나 좋았을까. 조선을 넘어 일본에까지 이름을 날리는 명가수들은 번쩍번쩍 광채가 났을 것이다. 나도 가수들의 얼굴이나 한번 보았으면 소원이 없겠다. 행여 운이 좋으면 그 앞에서 내 실력을 뽐내 볼 수도 있을 텐데. 식모 계약만 아니라면 벌써 '조선 명가수 현수인'이 되고도 남았을 텐데.

조바심에 또 한바탕 가슴이 울렁거렸다. 분을 푹푹 삭이자니 환절기 가래처럼 속이 끓어올랐다. 입술 사이로 한숨이 새어 나올 때였다. 누군가가 뒤에서 털이 숭숭 난 억센 팔로 내 목을 휘감았다.

"암호!"

"으으윽! 에치 투 에치!"

내가 꺽꺽대며 암호를 외치자 목을 감았던 팔이 스르르 풀어졌다. 옆에서 신문을 읽던 아저씨들이 또 시작이냐는 얼굴로 웃음을 터뜨렸다.

바싹 얼굴을 들이민 것은 한씨 아저씨였다. 구레나룻과 떡 벌어진 어깨가 건장한 느낌을 풍기는 아저씨. 우리는 진열대 앞에 나란히 서서 신문을 읽다가 알게 된 동무 사이였다. 중얼중얼 입으로 신문을 읽는 아저씨에게 눈치를 줬다가, 나도 입으로 신문을 읽으면서 경성 말에 익숙해졌다.

한씨 아저씨는 종로에서 헌책 노점을 했다. 죽첨정*집에서 종

───

• **죽첨정** 오늘날 서울 서대문구 충정로 일대.

로까지 책이 잔뜩 쌓인 수레를 끌고 다녔는데 오전 출근길에 꼭 신문사 앞에 들렀다.

"나는 하루라도 신문을 읽지 않으면 눈에 거대 눈곱이 끼는 사람이다. 그러니 매일 아침 이리로 올 수밖에."

아저씨는 신문을 많이 읽어 세상 물정에 밝았지만, 신문에서 전혀 발견할 수 없는 특이한 비유법을 구사했다. '개미가 원숭이 한 마리를 꿀꺽 삼켰다.'라든가 '외계에서 온 고수락머리 신사를 만났다.'라든가 '책 수레 바닥에 시체가 누워 있다.'라든가. 때로는 방금처럼 스파이 흉내를 내기도 했다. 우리 둘이 접선할 때의 암호는 한씨 아저씨의 에이치(H)와 현수인의 에이치(H)를 넣어 'H to H'라고 정했다.

아저씨는 영화광이었다. 경성에 있는 극장이란 극장은 안 가 본 데가 없었고, 여태껏 본 영화가 손으로 꼽을 수 없이 많았다. 한번 영화에 대해 말을 꺼냈다 하면 시간 가는 줄 모르고 나를 붙들었다. 오늘은 천연색 영화라는 「사막의 화원」에 대한 이야기였다.

"놀랍지 않으냐? 이 영화는 사막을 배경으로 하는데 사막 근처에 가지도 않고 촬영했다는구나. 하리우드라는 도시 안에다 거대한 촬영장을 만들었다는 게야."

도시에 일부러 사막을 만들고 그 옆으로 실제 기차가 다니지 않는 기찻길과 터널을 만들고 가짜 호텔과 술집과 수도원도 세웠다는 것이었다. 아저씨는 가짜를 만들어 진짜처럼 보이게 하는 것이 영화라고, 영화에서는 단 1초 만에 미국에서 구라파로 갈 수도 있다고 했다. 도무지 믿기 힘든 말이었다.

서로 사랑하는 남녀 주인공이 석양과 나란히 말달리던 장면을 잊을 수 없다며, 아저씨가 눈물을 글썽였다. 미국말도 못 알아듣고 일본어 자막도 빨리 읽을 수 없었지만 주인공들의 마음만큼은 큰 울림으로 다가왔다는 것이다. 영화에 어지간히 빠진 모양이었다.

"거기에 나오는 말도 가짜 말이야요?"

"아니지, 말은 진짜란다. 사람도 진짜 사람이고. 살아 있는 것들이 어느 장소로든 갈 수 있게 만드는 게 바로 영화의 매력이지. 어쩌면 죽은 것도 살아나게 만들 수 있을 게야. 우리 인생이 어디로든 갈 수 있고 죽었다가도 살아날 수 있다면 얼마나 좋겠냐! 아, 오늘은 집에 일찍 돌아가서 씨나리오를 써야겠다. 그 전에 종로에서 친구들과 막걸리 한잔 걸치고!"

일을 시작하기도 전에 퇴근부터 생각하는 책 장수라니. 아저씨의 부인이 늘 타박하는 이유를 알 것 같았다.

집에 돈이 있어서 학교를 나온 사람들은 보통 문관 시험이다 고등 문관 시험이다 하면서 취직에 열을 올리고, 집이 가난해 학교에 못 다닌 사람들은 장사를 하든지 노동을 하든지 해서 어떻게든 돈을 벌려고 했다. 그런데 아저씨는 돈이 될지 안 될지도 모르는 시나리오를 쓴다고 했다.

"사람이 밥만 먹고 사느냐? 꿈과 환상도 먹고 사는 것이다. 이놈의 나라에서 밥벌이하느라 영 죽을 맛인데, 영화라도 안 보면, 응? 나란 인간은 아주 못쓰게 될 것이야.”

하긴, 식모 주제에 가수가 되겠다는 나 또한 꿈과 환상이 필요한 사람인지 몰랐다. 비루한 일꾼복을 입었을지언정 가수의 꿈은 도저히 버릴 수가 없었다.

그러나 모순되게도 법의 엄정함을 일깨워 준 사람 역시 한씨 아저씨였다.

“그 순사 놈이 너를 팔아넘긴 건 명백한 사기죄다. 하지만 총독부 고위 관리가 끼어 있으니 고소해 보았댔자 양쪽에서 계약서만 들이밀면 너는 무고죄가 될 것이야. 네가 삼 년 계약을 지키지 않고 도망쳐도 사기죄가 성립된다. 지키지 못할 계약을 한 셈이 되니까. 도망치다 붙잡히면 곧장 감옥행이지.”

그 말을 들으니 도망칠 마음이 스스로 잦아들었다. 아저씨가 그렇다면 틀림없이 그런 것이다. 나마저 감옥신세가 되면 어머니는 누가 보살핀단 말인가. 뒤탈 없이 깨끗하게 식모살이를 해 주는 편이 나을지도 몰랐다.

경성에 왔다면 경성에서 할 수 있는 일을 찾자, 어떻게든 콩쿠르라도 참가해 보자 결심했다. 그래서 종종 신문 가판대에 신인 가수 콩쿠르 기사가 붙었는지 확인하기로 한 것이다. 꿈과 현실 사이에서 줄 타는 법을 알려 준 한씨 아저씨가 더없이 고마웠다.

아저씨의 영화 이야기가 더 길어지기 전에 얼른 눈인사를 하고 집으로 발길을 돌렸다. 아침을 거르는 노리코 상이 이른 점심 식사를 기다리고 있을 것이었다.

총독부를 지나쳐 복개된 백운동천 길로 접어들었다. 효자동 전찻길은 무서워서 일부러 피해 다녔다. 예전에 한번 경복궁 서쪽 담장 너머로 보이는 총독부의 파란 지붕을 구경하느라 멋모르고 들어선 적이 있었다. 한참 걷노라니 영추문 옆 허물어진 담장이 보였다.

'왜 담장이 허물어졌을까?'

생각이 드는 찰나, 짐승이 울부짖는 듯한 소리가 달려들었다. 귓속을 할퀴는 소리는 시커먼 금속으로 만들어진 짐승의 것이었다. 짐승은 내장에 꾹꾹 숨겨 두었던 사람들을 토해 내고는 효자정 종점을 향해 미친 듯이 내달렸다. 평양에도 전차는 다녔지만 나는 먼발치에서 봤을 뿐 직접 타고 다닌 적은 없었다. 전차의 굉음에 하도 놀라서, 그다음부터는 백운동천 길로만 다니게 되었다.

노리코 상은 식사를 마치자마자 한숨 자고는 대구 친정으로 향했다. 후지모토 상이 업무용 자동차를 보내왔다. 대문 앞에서 노리코 상을 배웅했다. 자동차가 은행나무가 있는 언덕을 내려가 큰길로 들어서는 게 보였다.

'경성역에서 대구까지 기차를 타고 간댔지. 경성역에 가면 평양행 기차도 탈 수 있는데……'

반나절도 걸리지 않는 거리에서 고아처럼 지내는 신세가 어이없을 정도로 처량했다. 여긴 감옥이나 다름없었다. 고향 집에는 진즉 거짓 편지를 보내 두었다. 이곳에서 숙식을 해결하며 가수가 될 길을 모색해 보겠노라고. 내가 잘되기만을 바라는 어머니를 떠올리자 가슴이 미어졌다. 절망의 구덩이에 빠지지 않고 꿋꿋하게 살아갈 힘이 필요했다.

'나도 꽃이 될 거야. 연못가에 흐드러진 보랏빛 꽃창포처럼 아름다운 꽃이 될 거야. 주어진 운명을 바꿀 수 없다면 내가 그 운명에 적응하자. 그러다 보면 나도 꽃을 피울 날이 오겠지.'

경성이 피워 내는 꽃의 향연을 바라보며 마음을 굳게 먹었다. 어떻게든 경성 생활에 적응해서 남은 날들을 견뎌 내겠다고. 그 시간이 아깝지 않도록 열심히 살겠다고. 나는 마음만 먹으면 못 할 일이 없는 현수인이니까.

어느덧 계절이 옷을 갈아입고 있었다. 온 산을 뒤덮을 푸른 불길이 막 타오르려 꿈틀대고 있었다.

2층의 왼쪽 작은 방은 식모에게는 과분한 방이었다. 그렇지만 처음 붉은 벽돌 이층집에 왔을 때, 1층에는 식모가 지낼 만한 방이 없었다. 현관에서 복도를 따라 왼쪽으로 목욕탕이 있다. 목욕탕 앞에서 방향을 꺾으면 부엌이 나오고 부엌 옆이 식당이다. 원래 그곳이 부엌에 딸린 창고 겸 식모 방이었는데, 후지모토 상의 아버지가 아들의 원활한 사교 생활을 위해 식당으로 개조해 둔 것이었다. 여덟 명이 앉을 수 있는 고급 식탁이 다 찬 적은 아직까지 없었다.

설거지와 청소, 빨래까지 마치고 나니 하루코를 데리러 가기 전까지 시간이 남았다. 집에는 나 혼자뿐이었다. 혹시라도 누가 있는지 재차 확인하고는 내 방 오시이레로 들어갔다. 문을 닫고 이불 더미에 기대앉으니 기분이 착 가라앉았다.

이윽고 목을 가다듬고 노래를 부르기 시작했다.

"지난 세월 구름이라 잊자건만, 잊을 길 없는 설운 이 내 맘……."

붉은 벽돌 이층집의 오시이레에 내 목소리가 조용히 울려 퍼졌다. 아버지와 헤어진 이후로, 그리고 레코드판을 듣지 못하게 된 이후로 선우일선의 노래를 자주 부르게 되었다. 나는 원래 선우일선보다 김해송을 더 좋아했지만.

사방이 막혀 있고 누구의 방해도 없는 곳. 오시이레를 나만의 노래 수련장 삼기로 했다.

7
- 햇귀의 시간 -

"안녕하세……요!"

태후와 나란히 침대 앞에 서서 인사를 했다.

애벌레처럼 웅크리고 있던 할머니가 고개를 드는 찰나, 나는 숨이 멎을 뻔했다.

칼자국?

한쪽 귀에서 입까지 뺨을 두 동강 내듯 그어져 있는 건 칼자국이 틀림없었다. 길게 베인 흉터 주변의 살이 울룩불룩했다. 마치 얼굴에만 헝겊을 잘못 구겨 넣은 인형 같았다. 입 밖으로 낼 수 없는 말들이 내 머릿속을 어지럽혔다.

무시무시하고, 소름 돋는다. 헝겊 인형 같은 얼굴…….

"아드님이랑은 따로 사시는 모양이에요?"

선생님이 할머니와 안부를 주고받은 후 녹음기를 꺼냈다. 칼자국이 난 할머니의 얼굴을 마주하는 게 아무렇지도 않은 것 같았다.

"……."

"불편하시면 학생들 나가라고 할까요?"

선생님이 녹음기 정지 버튼을 눌렀다.

"그 애 생각을 하니까 마음이 아파서……."

"그럼 천천히 다음에 말씀하셔도 돼요."

"내 과거를 알고는 그 애가 방황을 많이 했어. 대학 졸업하자마자 집을 나갔지. 소식 끊어진 지 오래됐어요. 어릴 때 내 얼굴이 무섭다고 울기는 했어도 착한 아이였다구……. 이웃 사람들이 그랬대. 불결한 엄마라구……."

할머니의 한숨이 얇고 구멍 난 낙엽처럼 내 발치에 떨어졌다. 나는 얼른 발가락을 오므렸다. 엄마의 한숨이 떠올라 그걸 밟고 싶지 않았다.

이야기의 시간 순서가 뒤죽박죽이었다. 양아들 이야기를 하다가 갑자기 어린 시절로 넘어가더니, 다시 양아들 이야기로 돌아왔다. 선생님이 시간 순서에 맞게 들으려고 중간중간 질문을 던졌지만, 소용없었다.

"그 애가 일곱 살 때 밥상 옆에 둔 국 냄비를 밟는 바람에 화상을 입었지. 발뒤꿈치에 흉터가 남았어. 그 일 말고는 단 한 번도 그

애 가슴에 상처를 준 일이 없다고 생각했는데……. 친아들이 아니라는 사실도 동네에서 수군대는 걸 듣고 안 것 같아."

할머니의 눈에 고여 있던 눈물이 뺨을 타고 흘러내렸다. 눈물은 베개까지 내려오지 못하고 흉터에 고였다. 뺨을 가른 기다란 흉터에 고인 눈물을 보자 기분이 이상해졌다. 할머니는 주삿바늘이 꽂히지 않은 손으로 눈물을 닦았다.

"힘드시면 다른 날에 다시 올까요? 급하게 하지 않으셔도 돼요."

"아니에요. 내 얘기 들어 주겠다고 이렇게 선생님이 오는 것도 고마운 일인데."

할머니는 아들이 사는 곳을 수소문해서 딱 한 번 찾아간 적이 있다고 했다. 하지만 대문 앞까지만 가고 들어가지는 않았다는 것이다.

"장가가서 아들 둘, 딸 하나 낳고 살더라고. 잘 사는 거 봤으니 됐지. 그 애한테 피해가 갈까 봐 다시는 그쪽으로 발걸음도 안 했어. 며느리가 알아 봐야 면도 안 설 것 같고……. 지난 일은 가슴에 묻으려고 했는데, 텔레비전에 나온 다른 할머니들을 보고 용기가 났어요."

할머니가 당한 피해라는 게 뭘까? 얼굴에 칼을 맞은 일?

일본 사람들이 정말 그랬다면 할머니에게 사과해야 한다. 칼을 잘못 휘두르면 사람이 죽을 수도 있으니까. 할머니는 죽을 뻔하다 살아 돌아온 게 틀림없다.

선생님은 우리가 역사적 사실을 선입견 없이 접했으면 좋겠다고 했다. 할머니에게 직접 이야기를 듣다 보면 자연스럽게 알게 되리라는 거였다. 그 과정에서 우리가 느끼는 것을 글로 써 보면 좋겠다고도 했다. 하지만 '일제 강점기'라는 말은 아무리 들어도 가슴에 와 닿지가 않는다. 내가 태어나기 한참 전, 그리고 엄마, 아빠가 태어나기도 한참 전이니까 말이다.

작년의 일이라면 나한테도 생생하다. 환하게 웃는 아빠의 사진이 병원 영안실에 걸려 있었고 사람들은 검은 옷차림이었다. 나는 슬프다는 말 한마디 꺼내지 못했다. 엄마가 사흘 밤낮을 울어서 모두가 엄마를 달래느라 온 힘을 쏟았기 때문이다. 장례가 끝난 다음 날 아침, 식탁에 앉은 나를 보고 길게 한숨 쉬던 엄마가 떠오른다.

'넌 아빠의 발끝에도 못 미치는데 나는 앞으로 어쩌면 좋으니.'

한숨의 의미는 아마도 이런 거였겠지. 난 엄마에게 해 줄 수 있는 게 없었다.

엄마는 한 나라의 왕비처럼 살았다. 아빠가 엄마를 그렇게 만들었다.

"여보, 지난주에 산 머플러는 울샴푸로 빨아야 하지?"

"여보, 설거지 내가 할 테니까 당신은 소파에 앉아 있어. 아 참, 좀 있다 하는 드라마에 당신이 엄청 좋아하는 배우 나오지 않아?"

엄마는 손에 물 묻힐 틈이 거의 없었다. 아빠는 나더러 나중에 결혼하면 아내에게 왕비 대접을 해 주어야 한다고 세뇌하곤 했다.

"치이, 내가 하인이야? 왜 그래야 돼?" 하고 툴툴거리면 아빠가 고무장갑 낀 손으로 내 머리를 가볍게 꽁 쥐어박았다.

"짜식, 뭘 모르기는. 아내에게 왕비 대접을 해 주면 결국 네가 왕 대접을 받게 되는 거야."

"싫어. 몰라."

왕이고 왕비고 간에 여자 친구가 있어 보기라도 했으면 좋겠다고 말할 뻔했다.

왕이 죽자 왕비는 세상에 홀로 남았다. 아들은 눈에 차지 않는 듯했다. 왕비와 아들 사이는 날이 갈수록 어색해졌다. 왕비는 당장이라도 지구가 멸망할 것처럼 비상식량과 알바에 집착했다. 아들의 수학 학원과 논술 학원 재등록에 대해서는 깡그리 잊은 듯했다. 싱크대 수납장에 라면과 참치 캔과 달걀이 쌓여 갔다. 먹지도 않는 비상식량을 소비하는 건 태후와 우민이었다. 나는 매번 라면을 세 개씩 끓여 먹고 후식으로 달걀프라이와 참치를 곁들였다고 둘러댔다. 집안 분위기와 교우 관계는 점점 미궁으로 빠져드는데, 담임 선생님은 그것도 모르고 외고 진학을 생각해 보라며 이렇게 봉사 활동 점수까지 챙겨 주는 거였다. 요즘 나를 둘러싼 모든 게 수수께끼 같기만 하다.

"내 인생은 왜 그렇게 되었을까요?"

갑작스러운 질문이었다. 방 안을 둘러보니 침대에 누운 할머니

와 나, 둘뿐이었다. 딴생각에 빠진 사이 선생님과 태후가 방을 나
간 것도 몰랐다.

방금 그건 할머니가 물어본 건가? 나한테?

선생님의 물음에 대답만 하던 할머니가 질문을 던지다니 낯설
었다. 나는 할머니의 인생이 어땠는지조차 모른다. 우물거리는 사
이에 할머니가 또 물었다.

"대체 전생에 무슨 죄를 지어서 그런 일을 당했을까요?"

"……."

"내 평생 그게 수수께끼라구. 누가 나에게 해답을 좀 알려 줘
요."

할머니의 눈은 내 얼굴을 통과해 먼 허공을 보는 것 같았다. 초
점이 없었다.

어쩔 줄을 몰라 하고 있을 때 태후가 들어왔다. 손에 물기가 있
는 걸 보니 화장실에 다녀온 게 틀림없다. 녀석은 굉장히 깔끔한
성격이다. 내가 끓여 주는 라면을 먹을 때도 반드시 휴지를 톡톡
뽑아서 젓가락을 한두 번씩 닦는 버릇이 있다.

선생님이 휴대폰을 귀에서 떼며 방에 들어섰다.

"죄송해요. 급한 전화가 왔었어요."

선생님이 곧바로 녹음기 버튼을 누르며 말했다.

"계속 얘기해 주실 수 있어요?"

할머니가 선생님을 한참 보다가 나와 태후도 번갈아 쳐다봤다.

잠시 후 눈에 초점이 생겼다. 기침을 몇 번 하더니 말을 이었다.

"두 달 동안이나 배를 타고 갔지. 일반 여객선이 아니라 군용선이었어. 한여름이라 멀미로 고생했지만, 모두들 미래에 대한 희망이 있었어. 배에는 조선 여자들이 수백 명 있었고 천해 보이는 일본 남자와 여자들도 수십 명이 타고 있었지.

우리가 도착한 데는 2층짜리 양옥집이었어. 마당에 연못이 있고 좁디좁은 방이 스무 개쯤 있는 집이었지. 조선인 군인 하나가 지나가면서 우리한테 넌지시 알려 줬어.

'너희들 속아서 온 거야. 여긴 삐야란 말이야.'

경성에서부터 같이 온 여자들 사이로 그 말이 번져 나갔어. 울음이 터지기 시작했지.

'어머니! 살려 줘요, 어머니!'

'내가 무슨 죄를 지었길래! 돌아갈 거야, 보내 줘요!'

그 자리에서 도망치려던 아이 하나가 질질 끌려 마당 한복판에 내동댕이쳐졌지. 일본군 장교가 그 애의 다리를 하나씩 잘랐어. 그 다음에는 두 팔을 잘랐지. 비명이 멈춘 건 마지막으로 그 애의 목을 쳤을 때였어. 허공으로 핏줄기가 솟아올랐지. 그걸 보고 도망칠 생각을 할 사람은 아무도 없었다구."

할머니의 얘기에는 현실감이 없었다. 살아 있는 사람에게 칼을 휘둘러 고통을 한껏 준 다음 목을 잘랐다고? 이건 마치 일본 애니메이션의 한 장면 같잖아. 화살을 맞은 병사의 얼굴이 산산조각 나는 장면이랄지, 칼에 찔린 무사의 배에서 붉은 피가 공중으로 솟구치는 장면이랄지. 애니메이션에서는 눈알이 빠진다거나 몸이 찢겨 나가는 장면도 그다지 잔인하게 느껴지지 않았다. 그건 현실이 아니니까.

태후를 힐끗 보니 무슨 생각을 하는지 골똘한 얼굴이었다.

"근데 맨 처음에 어떻게 끌려가셨어요? 기억나세요?"

선생님이 질문을 던졌다. 잠깐 생각에 잠겼던 할머니의 눈빛이 갑자기 변했다. 그러더니 소리를 지르기 시작했다.

"살려 줘! 살려 줘!"

할머니의 비명에 낡은 집 전체가 들썩였다. 덫에 걸려 죽음의 문턱에 다다른 짐승의 울부짖음 같았다.

도우미 아주머니가 달려왔다.

"옛날 일을 다시 떠올리면서부터 밤에 부쩍 악몽을 꾸시더라고요. 지금도 벌써 헛것이 보이시는지……."

"할머니께 너무 죄송하네요. 혹시 병원에 가서야 하면 손이 필요할지 모르니 거실에서 기다릴게요. 태후랑 햇귀는 그동안 2층 청소를 좀 할까?"

죄를 지은 듯 표정이 어두워진 선생님을 따라 거실로 나갔다. 온몸을 난도질당하고 목이 잘린 소녀의 이미지가 내 머릿속에서 떠나지 않았다.

"먼저 올라가 있어. 나는 마른걸레 준비해서 갈게."

태후가 전에 없이 진득한 눈웃음을 날리더니 아주머니를 따라 다용도실로 들어갔다.

가슴이 뛰기 시작했다. 2층에 태후와 단둘이 있게 된다. 설마 여기에서 치약 샌드위치나 구정물 라떼 같은 걸 먹이진 않겠지. 뒤통수를 때리거나 목을 조르거나 그것도 아니면 명치에 니킥을 날리거나. 어느 쪽도 내가 원하는 게 아니다. 몇 번이나 당했던 육체의 고통이 현실 감각을 되돌려 주었다.

나는 어색한 웃음을 마무리 짓지도 못한 채 2층으로 올라갔다. 발꿈치를 들고 왼쪽 작은 방으로 뛰어들었다. 문을 잠글 수도 없고 어쩌지!

벽장 안으로 숨어들었다. 도망칠 데가 벽장뿐이다. 이제 곧 태후가 들이닥치겠지. 어디로든 뿅, 하고 사라져 버렸으면 좋겠다.

이불 더미에 머리를 폭폭 박고 있는데 회중시계가 바닥으로 떨어졌다. 지난번에 봤던 그 시계다. 뚜껑을 열어 보니 시곗바늘은 여전히 멈춰 있었다.

혹시 태엽을 감으면 시계가 돌아갈까? 시계를 살리면 내 운명이 달라질까?

엉뚱한 상상에 사로잡혔다. 당장 할 수 있는 일이 그것밖에 없어서 억지로 끼워 맞추는 셈이다.

태엽을 감아 보았다. 빽빽해서 잘 감기지 않았다. 손가락에 힘을 주어 다시 감아 보았다.

끄그극. 끄그극.

태엽 감기는 소리가 이상하리만치 크게 들렸다.

끄그그극. 끄그그극.

고장이 났는지 시곗바늘이 움직일 기미가 안 보였다. 뒷면을 뜯어보려다가 글자가 새겨진 걸 발견했다.

"Race the clock. 시간과 싸워라?"

미스터리한 시계가 아닐 수 없었다.

"Race the clock, Race the clock……."

마치 태후를 쫓는 주문이라도 되는 것처럼 계속 중얼거리면서 태엽을 감았다. 시간이 나 대신 태후와 싸워 주기를 바라면서.

문틈으로 새어 드는 빛에 초침이 움직이는 게 보였다.

"어라, 초침이 왜 반대 방향으로 움직이지?"

어디선가 서늘한 바람이 불어왔다. 벽장이 움찔하는 것 같더니 주변 공기가 꿈틀거렸다. 바깥의 소음이 차츰 멀어졌다. 굉장히 이상한 기분이었다.

또 귀신인가!

허둥지둥 일어서려는데 벽장문이 와락 열렸다. 빛이 쏟아져 들어왔다.

"작다 작다 하니까 이젠 벽장에 다 숨네. 네가 햇귀신이지 벽장귀신이냐?"

눈 부신 빛 속에서 태후가 내 목을 조르려고 다가왔다. 그때 민을 수 없는 광경이 펼쳐졌다.

태후의 얼굴에서 눈웃음과 성난 이빨이 두드러져 보였다. 눈웃음과 성난 이빨만 허공에 남고 태후는 사라졌다. 곧 그마저도 사라지고 눈앞에 암흑이 펼쳐졌다. 우주 한복판으로 떨어진 것 같은 암흑이었다.

진공의 소용돌이가 내 몸을 잡아당겼다. 보이지 않는 좁은 통로에 몸이 낀 채로 거대한 압력에 밀려 앞으로 나아갔다. 몸속의 공기가 다 빠져나간 듯한 느낌에 압도되어 비명조차 나오지 않았다. 어느 순간 멀리서 별빛이 반짝이는 것 같았지만 정확히 보이지는 않았다.

희미하게 목소리가 들렸다. 점점 가까워지는 목소리. 누군가 노래를 부르고 있었다.

"울어라 아코죤아 품바품바 울어라. 비치는 라이트 속에 몸부림치는 꾀꼬리다……."

어느덧 노랫소리는 바로 옆에서 들렸다.

8
햇귀, 수인의 시간

"비치는 라이트 속에 몸부림치는 꾀꼬리다. 손뼉을 쳐라 손뼉을 쳐. 목소리마다 하소란다. 오늘은 연극사 내일은 황금좌, 막간 아가으아아씨."

구성진 목소리로 여기까지 부르고 막 「막간 아가씨」 3절을 시작하려고 할 때였다. 수인의 뺨에 더운 숨결이 느껴졌다. 자신의 것은 아니었다.

이불 더미 위에 누가 있는 것 같은데…… 가만, 여기에 나 말고 누가 있다고?

"꺅! 오마니!"

"으아아아악!"

두 사람의 비명이 오시이레 안에 울려 퍼졌다.

"뉘, 뉘기요?"

"누구세요?"

수인이 묻는 순간 남자의 목소리도 물었다. 더 참지 못하고 수인
이 오시이레 문을 밀어젖혔다. 6월의 햇빛에 물든 환한 방으로 뛰
쳐나갔다.

"헉!"

방 가운데에 선 두 사람은 동시에 말문이 막혔다.

햇귀는 어안이 벙벙했다. 한 손에 시곗줄을 움켜쥐고 다른 손으
로 머리를 긁적였다. 생판 처음 보는 여자애가 기척도 없이 나타난
것이다. 봉사 활동 온 건가? 아니면 할머니를 찾아온 손녀인가?

옷차림이 진짜 이상했다. 작은 항아리처럼 주름이 잡힌 반바지
는 「센과 치히로의 행방불명」에서 센이 입었던 일꾼 옷과 똑같았
다. 옷 색깔이 밝은 주황색이 아니라 칙칙한 검은색인 점만 빼고.

"누구네? 어드러케 들어왔네? 아니, 그것은 하루코 상의 회중시
계 아니네?"

여자애가 햇귀의 손에서 시계를 휙 낚아챘다.

"이거이 하루코가 들고 다니지도 않고 서랍에 고이고이 모셔 두
는 거인데 빛이 확 바래지 않았네?"

"저, 저는…… 어…….."

"고저 깜짝 놀라니끼니 고향 말이 막 나오누만. 내레 경성 말이

82 ●

입에 붙은 지 얼마 되지도 않았구만. 날래 말하라우. 어드러케 여기 들어왔네? 날래 말하지 않으문 경찰서에 신고하갔어."

"잠깐만, 잠깐만요! 저는 아주머니가 들어와도 된다고 해서 들어온 것뿐이에요."

"노리코 상을 아네?"

그 순간 햇귀는 도우미 아주머니의 이름이 노리코인가 했다. 말이 안 되는 것 같았지만 고개를 마구 끄덕였다. 여자애의 성질이 보통 아닌 것 같아서였다. 짙은 눈썹에 쌍꺼풀 없이 서늘한 눈매가 퍽 곱상한 얼굴이었지만 말투가 북한 쪽인 걸 보니 탈북자일지도 몰랐다.

도우미 아주머니가 있다면 금세 오해를 풀어 줄 것이다. 햇귀는 다급하게 아래층으로 내려갔다.

"아주머……!"

부엌이 아까와 달랐다. 싱크대가 있던 자리에 흙을 개어 바른 듯한 개수대가 있고, 낮은 부뚜막에 솥까지 걸려 있는 게 아닌가.

2층으로 다시 올라와 오른쪽 방문을 열어젖혔다. 아까까지만 해도 사람의 흔적이 없던 방이었는데, 갑자기 달라져 있었다. 새하얀 면 커튼이 쳐져 있고 정갈한 나무 책상과 의자도 있었다. 책상에는 일본어가 적힌 책들이 줄을 맞춰 꽂혀 있었다.

햇귀의 입이 얼어붙었다. 아주머니가 그새 방 정리를 한 걸까?

할머니의 손녀가 온다고 방을 꾸며 둔 건지도 몰랐다. 가만, 할머니는 양아들과 연락이 끊어진 지 오래라고 했는데?

"어!"

바지 주머니에 있어야 할 휴대폰마저 사라졌다.

기억을 돌이켜 보니, 조금 전 이불 더미에 기대앉을 때 벽장 바닥에 꺼내 두었었다. 다시 왼쪽 방으로 돌아와 살펴보니 휴대폰은 온데간데없었다. 햇귀의 머릿속이 뒤죽박죽이 되었다.

한편 수인은 아무래도 저 스나이*가 수상쩍었다. 노리코 상이 저 스나이를 어찌 알까? 고수락머리를 보아하니 비싼 미용실깨나 다니는 모양이다. 돈 많은 노리코 상의 친척이라면 모던 뽀이 행세도 가능할지 몰랐다. 하지만 아무리 모던 뽀이라고 해도 처녀의 방에 함부로 들어올 수는 없는 법이다. 뻔뻔하게스리.

요것 봐라, 조선말을 쓰면서 노리코 상의 친척이라고? 내지의 갑부 집안 출신인 노리코 상에게 조선인 친척이 있을 리 만무하다.

수인은 스나이를 찬찬히 살폈다. 소매가 반 넘게 뚝 잘려 나간 윗도리하며 해괴한 바지까지. 차림새만 보더라도 비싼 약을 지어 먹고 머리가 이상해진 부잣집 도련님이 틀림없었다.

"달리 훔친 게 없는 거 같으니 요번만 봐주갔어. 날래 집으로 돌아가라우."

수인이 코웃음을 치며 스나이의 등을 떠밀었다.

---

* **스나이** 사나이. 남자.

"저기, 내 폰 못 봤어요? 아까 벽장 바닥에 놓아두었는데."

스나이는 층계를 떠밀려 내려가면서도 두리번거리며 '아주머니'를 불러 댔다. 안방까지 기웃거리기에 수인이 빽 소리를 질렀다.

"식구들 전부 월미도로 놀러 갔어. 노리코 상을 안다는 공감일랑 씨알도 안 먹히니끼니 날래 돌아가라우."

수인은 분해서 스나이의 등짝을 한번 치고 싶었지만 참았다. 기껏 감정 잡고 「막간 아가씨」를 연습하고 있었는데 완전히 망쳐 버렸다. 요즘엔 신나는 노래라도 부르지 않으면 가슴이 답답해서 견딜 수가 없다.

햇귀는 현관 앞에서 멈칫했다. 휴대폰에 이어 신발도 사라졌다. 선생님도 아주머니도. 아까 공중에서 흩어져 버린 태후에게는 무슨 일이 일어난 것일까?

모르겠다. 일단 아무거나 신고 집으로 가자. 이렇게 소란스러운데 선생님이 나타나지 않는 걸 보니 벌써 집에 가신 게 틀림없다. 태후는 물론 선생님 옆에 딱 붙어서 갔겠지.

햇귀는 나막신 같은 걸 되는대로 발에 꿰고 현관을 나섰다. 마당에서 빨랫감을 집어 들다 말고 노려보는 여자애를 지나쳐 대문 밖으로 나섰다.

"어……!"

골목이 달라졌다. 원래 있던 빌라들은 간데없고 납작한 기와집뿐이었다. 초가집도 듬성듬성 보였다.

햇귀는 나막신을 딸깍거리며 언덕 아래로 내려가 봤다. 왼편으로 맹학교를 지나쳐 네거리에 당도했는데, 모든 길이 훨씬 좁아져 있었다. 키 작은 빌딩들도 감쪽같이 사라지고, 오른편으로 돌아보니 암벽이 드러난 산이 병풍처럼 서 있었다. 초가지붕과 기와지붕의 물결 너머로 뾰족지붕이 있는 유럽풍 건물 하나가 두드러져 보였다. 이질적인 풍경이었다.

길가에 띄엄띄엄 나무 기둥이 박혀 있었다. 나무 기둥들은 전깃줄로 연결되어 있었다. 설마 저게…… 전봇대? 그러고 보니 콘크리트 전봇대는 단 한 개도 없었다.

멀지 않은 곳에 경복궁 담장 한쪽이 무너져 내린 게 보였다. 그 너머로 파란색 돔 지붕이 보였다. 저 파란색 돔 지붕이 예전에도 있었던가? 경복궁 담장이 원래 저렇게 무너져 있었던가?

햇귀의 기분이 오싹해졌다. 어디선가 길을 잃어 4차원 구멍으로 떨어진 게 아니고서야 마치 영화 촬영장을 지어 놓은 듯 이토록 풍경이 달라질 수는 없었다.

빨리 집에 가야겠다. 우리 집은 그대로 있겠지. 있어야 한다.

아무리 걸어도 지하철역은 나타나지 않았다.

"경복궁역. 제발 나와라, 경복궁역."

햇귀의 입에서 절망의 탄식이 터져 나왔다. 다리에서 힘이 빠져나갔다.

"이봐 거기! 피해, 어서!"

지나가던 남자가 달려와 햇귀를 길 안쪽으로 홱 잡아끌었다. 금속이 뜯겨 나가는 듯한 소리와 함께 전차가 지나갔다.

"자네, 생때같은 목숨을 버리려고 작정했나? 아무리 취업이 힘들기로서니 그러면 쓰나?"

남자가 햇귀에게 큰 소리로 혼을 냈다.

햇귀는 나막신 한 짝이 벗겨진 줄도 모르고 멍하니 서 있었다. 방금 속도를 내며 지나간 것은 전차가 맞다. 역사박물관에서 봤던 옛날 전차.

"아저씨, 대체 여기가 어디예요?"

햇귀는 남자가 주워다 준 나막신 한 짝을 서둘러 신으며 물었다.

"대낮에 실없는 젊은이를 보았나. 여기가 경성이지 어디는 어디야?"

남자는 얼빠진 햇귀를 그대로 두고 바삐 제 갈 길을 갔다.

경성……? 어디서 들어 본 단어인데.

그나저나 왜 경성이라는 데로 오게 된 거지? 여긴 정말로 민속촌 같은 데인가?

붉은 벽돌 이층집으로 되돌아가는 수밖에 없었다. 무슨 일인지는 몰라도, 거기서 이 사고가 시작된 게 틀림없으니까.

물지게를 지고 가는 소년, 헐렁한 양복바지에 담배 파이프를 문 신사, 짚신을 신고 상투를 튼 일꾼 같은 남자, 흰색 저고리와 펑퍼짐한 검정 치마를 입은 아주머니. 영화 촬영장의 엑스트라가 아니라면 저렇게 입을 이유가 없다. 반팔 티셔츠에 청바지를 입은 사람은 햇귀 혼자였다. 티셔츠에 쓰인 'Be Happy'라는 영어가 햇귀조차도 낯설게 느껴질 정도였다.

대문을 들어서자 수상한 기운에 휩싸였다. 아까는 정신이 없어 보이지 않았지만 말라비틀어져 있던 소나무가 늠름한 자태로 바뀌었다. 섬세하게 갈라져 나간 가지 끝에 윤기 흐르는 솔잎들이 허공을 수놓듯 뻗어 있었다. 벽돌의 붉은색은 전보다 선명했고 마당에는 파릇파릇 잔디가 깔려 있는 게, 집 전체가 몇십 년은 젊어진 듯한 분위기였다.

마당 수돗가에 쭈그려 앉아 일하던 여자애가 눈을 치떴다.

"왜 도로 오네? 끝내 뭐 훔쳐 갈 거이 없나 염탐하러 왔네?"

빗자루를 휘두르며 달려드는 여자애 앞에서 햇귀는 두 손을 어지럽게 저으며 외쳤다.

"도, 도와줘요! 집으로 가는 길을 모르겠어요. 그리고…… 발목이 너무 아파요!"

수인은 스나이의 눈에서 절박함을 보았다. 처음 경성에 와서 허둥대던 자신의 모습이 떠올랐다. 스나이는 흉악한 인상이 아니었다. 옷차림이 요상하기는 해도 누굴 해칠 깜냥은 못 되는 것 같았다.

수인의 언성이 아까보다는 조금 부드러워졌다.

"그래, 어드러케 도와주면 되갔네? 내레 왜 자꾸 고향 말이 나오지? 흠흠, 무엇을 도와줄까나?"

"이게 다 어떻게 된 일이죠? 아니…… 그것보다는, 지금이 언제예요? 그러니까, 몇 년도예요?"

"싱거운 스나이 좀 보소. 그야 쇼와 15년이지, 당연한 걸 물어! 날짜도 알려 줄까? 오늘은 6월 9일이다."

그러더니 눈을 샐쭉하게 뜨고는 햇귀의 옆구리를 쿡 찔렀다.

"내일이 시간 기념일이라 그런 걸 묻는 거이야?"

햇귀는 자신이 바벨탑 꼭대기에 올라와 있다는 착각마저 일었다. 여자애가 한국말을 쓰는 것은 분명한데, 무슨 말인지 도통 이해할 수가 없었다.

"그런 거 말고, '서기' 몇 년이에요? 지금 2016년 아니에요?"

"서기가 머이 어드레? 고저 어디 딴 세상에서 왔네?"

쫓아다니며 헛소리를 해 대는 스나이 때문에 수인도 열불이 났다. 응접실 괘종시계가 5시를 가리키고 있었다. 곧 후지모토 상 가족이 들이닥칠 텐데 이 정신 나간 스나이를 어찌하면 좋은가. 경찰서에 신고했다가 몹쓸 고문이라도 당하면 어쩐다지.

"정말로 집에 가는 길을 모르네?"

수인의 물음에 스나이는 얼빠진 얼굴로 고개만 주억거렸다.

나중 일은 나중에 도모하자. 수인이 결단을 내렸다.

"날래 내 방으로 올라가 있으라우. 후지모토 상 눈에 띄면 칼질을 당할지도 모르니끼니."

여자애가 햇귀의 등을 막 떠밀었다. 햇귀는 칼질 어쩌고 하는 말에 겁이 나서 발소리도 내지 않고 잽싸게 층계를 뛰어 올라갔다. 소리 없이 움직이는 건 햇귀의 특기였다.

"오시이레 속에 꼭꼭 숨어 있으라우."

뒤에서 당부하는 소리가 들렸다.

오시이레의 뜻이 뭔지는 몰랐지만, 숨을 곳이라고는 이불 더미가 놓인 벽장밖에 없었다. 벽장 안에 들어가 미닫이문을 꼭 닫으려는데, 맞은편 창문 아래 앉은뱅이책상이 보였다. 책상이라기보다는 궤짝에 가까웠지만. 그 위에 아까 빼앗긴 빛바랜 은빛 시계가 놓여 있었다.

"이건 할머니의 이불 더미에서 나온 건데, 왜 자꾸 다른 사람 거라고 우기지? 여자애 고집이 보통 아니야."

고개를 설레설레 저으며 일어서서 회중시계를 집어 들었다.

벽장 안에 앉아 문틈으로 새어 들어오는 빛에 회중시계를 비춰 보았다.

"이 시계에 뭔가가 있어……."

4차원 세계로 오기 전 일을 떠올렸다. 시계의 태엽을 감았더니 진공 속으로 빨려 들어가는 것처럼 어지럽다가 갑자기 북한 말씨를 쓰는 낯선 여자애와 맞닥뜨렸다. 그 여자애는 노래를 부르고 있었다.

벽장, 시계, 노래.

전혀 연관성이 없는 단어들이었다. 이 단어들이 얽히는 순간 붉은 벽돌 이층집은 젊어지고 거리는 옛날 풍경으로 변했다.

해 볼 수 있는 일을 찾아야만 했다. 이런 민속촌 같은 데 갇혀 평생 살 수는 없는 노릇이었다. 아까처럼 태엽을 감아서 무슨 일이 벌어지는지 보면 된다.

아무 일도 일어나지 않았다. 서늘한 바람이 불어오지도 않고 토할 것처럼 어지럽지도 않았다. 무엇인가 빼먹은 게 있었다. 그게 뭐였더라…….

"아! 시계 뒷면에 뭐라고 쓰여 있어서 읽었지. 그래, 이거였어. 이 황당한 일들이 마법이라면, 마법에 주문이 빠질 리 없지. Race the clock…… Race the clock……."

제멋대로 주문이라고 정한 영어 문장을 중얼거렸다. 그러면서 태엽을 감았다.

끄그그극. 끄그그극.

태엽 감기는 소리가 이상하리만치 크게 들리더니 초침이 움직이기 시작했다.

이번에는 시계 방향으로 움직인다!

어이없다고 생각하는 순간 벽장이 움찔했다. 주변 공기가 꿈틀거리면서 온몸을 짓누르는 무게가 느껴졌다. 바람이 쉭쉭 빠져나가는 고무풍선처럼 햇귀의 몸이 어둠 속에서 이리저리 부딪혔다. 곧 좁은 통로에 꼭 끼여서 앞으로 죽죽 밀려갔다. 눈알이 빠질 듯 아프고 팔다리가 저렸다. 멀리서 별이 빛나는 것 같기도 했다.

목소리가 들려왔다. 점점 가까워지는 목소리…….

9
- 햇귀의 시간 -

"어쭈, 이게 내 말을 씹어? 건방지게."

말소리와 함께 눈웃음과 성난 이빨이 나타났다. 태후의 얼굴이 허공에 둥실 떴다. 서서히 태후의 몸이 선명해지더니 한쪽 팔로 순식간에 내 목을 휘감았다.

"캑캑!"

꿈인지 생시인지 분간이 되지 않았다. 나를 구해 준 건 도우미 아주머니였다.

"무슨 장난을 이 비좁은 데까지 와서 하누. 에구, 빨지도 않은 이불 위에서 그러면 어떡해."

아주머니가 나를 일으켜 세웠다. 벽장 밖으로 휘청휘청 걸어 나왔다. 눈에 보이는 모든 것들이 일렁이는 호수에 비친 나무 그림자처럼 구불거렸다.

고개를 세차게 흔들고 정신을 차린 다음, 벽장 바닥의 휴대폰을 잽싸게 집어 들었다. 태후는 성에 안 차는 듯 손가락을 꼼지락거렸다. '분량'을 채우지 못했을 때 나오는 증상이란 걸 안다. 나는 얼른 아주머니를 따라 층계를 내려왔다.

"할머니 정신이 온전할 때는 철 따라 그 이불을 빨아 두었다 하더라고. 언제 손님이 올지 모른다면서. 다 부질없지. 오긴 누가 오겠어. 참, 오늘 청소는 됐고 다음에 와서 마당 정리나 도와줘."

현관에 내 운동화가 그대로 있었다.

잡풀이 돋아난 마당 구석에는 말라비틀어진 소나무가 서 있었다. 잔뜩 녹이 슨 수도꼭지도 보였다. 그 앞에 쭈그려 앉아 빨래를 하던 여자애의 모습이 겹쳐 보였다.

대문을 열고 골목으로 나가 봤다. 현대식 빌라들과 콘크리트 전봇대를 보자 와락 반가움이 밀려왔다. 큰길로 나갔더니 무전기를 든 경찰들이 모퉁이마다 서 있었다. 오가는 사람들은 익숙한 옷차림이었다. 걷다 보니 경복궁 서쪽 담장 아래였다. 무너져 내린 곳은 없었다. 담장 너머로 파란색 돔 지붕도 보이지 않았다.

서울과 비슷하면서도 묘하게 달랐던 풍경. 대체 거긴 어디였을까? 뒤틀린 시공간으로 빨려 들어가 미아처럼 헤매다 온 기분이 들었다.

어느 틈에 지하철에서 내려 아파트 정문이었다. 그제야 선생님과 태후에게 말도 없이 혼자 왔다는 걸 깨달았다.

궁금한 건 인터넷에서 검색하든지 사이버 지식인들에게 물어봐야 한다. 여자애와 나눴던 말 중에 '쇼와 15년'이 떠올랐다.

쇼와는 일본 왕 히로히토가 통치하던 시대의 연호로서 1926년부터 1989년까지 쓰였다.

계산해 보니 쇼와 15년은 서기 1940년이었다.

말도 안 돼! 내가 시간을 거슬러 가기라도 했단 말이야?

여자애가 나더러 '시간 기념일' 어쩌고 했었다. 설마 하는 심정으로 검색 창에 입력했다가 뒤로 넘어갈 뻔했다.

시(時)의 기념일 — 신시대의 생활은 시간 엄수로부터!

그런 기념일이 실제로 존재했다! 1940년 6월 10일 자 신문에 버젓이 시간 기념일에 관한 기사가 실려 있었다. 시간 기념일 기사는 1940년이 끝이었다. 몇 차례 검색을 더 해 보니 기사가 실렸던 동아일보는 그해 8월에 폐간되었다.

점점 갈 데까지 가 보자는 심정이 됐다. 마지막으로 '경성'을 검색했다.

경성은 서울특별시의 옛 이름이다. 특히 일제 강점기 때 쓰이던 이름.

진짜 말도 안 돼!

의자에서 벌떡 일어섰다.

단순히 호기심에서 한 행동이었다. 오래된 회중시계의 태엽을 감았을 뿐이고, 내 멋대로 정해 버린 주문을 읊었을 뿐이다. 그런데 2016년 서울에서 1940년 경성으로 시간 여행을 했다고? 이 모든 게 현실이라면 그 회중시계가 타임머신이라도 된단 말인가? 그 5백 원짜리 동전만 한 회중시계가?

컴퓨터 모니터를 뚫어져라 봤다.

'과거로의 시간 여행이 정말로 가능한가요?'

이런 걸 물어본다면 사이버 지식인들도 분명 미쳤다고 할 거다.

내 질문에 당장 대답해 줄 사람이 필요했다. 엄마? 엄마의 머릿속은 비상식량과 알바로 꽉 차 있다. 담임 선생님? 모든 아이를 차별 없이 대하려 애쓰기는 해도 모든 이야기를 차별 없이 받아들이진 못하리라. 진지하게 정신과 상담을 권할지도 모른다. 나는 이런 이야기를 나눌 친구조차 없단 말인가. 아빠가 살아 있었다면 당장 전화를 걸었을 텐데.

생각났다! 얘기가 통할 단 한 사람. 상상이 새로운 세상을 연다던 그 아이.

골목에서 헤매지 않을까 걱정했지만 난 방향 감각이나 기억력이 좋은 편이다.

"어서 오시요."

조리대에서 시식 빵을 잘게 썰던 유메가 고개를 들었다.

저 눈빛의 의미는 뭘까? 반가움? 아니면…… 오란다고 진짜 왔네 하는 어이없음?

나는 주저주저하며 유메에게 다가갔다.

어떻게 말을 꺼낸담. 시간 여행이라니, 나처럼 키 작고 존재감 없는 녀석이 실없이 껄떡대는 걸로 오해할 확률 99.99퍼센트. 대체 나는 무슨 생각으로 여기까지 왔을까?

"해키 꿍! 한번 먹어 보시요."

유메가 멜론색 빵 한 조각을 불쑥 건넸다. 생긋 웃는 미소의 절정에 볼우물이 팼다. 여전히 '하시오'도 아니고 '하세요'도 아닌 어중간한 사극 말투에 웃음이 터지고 말았다.

더 생각할 겨를도 없이 빵을 받아 입에 넣었다. 바삭거리는 겉껍질과 안에 든 슈크림이 달콤함과 부드러움으로 미각을 공격해 왔다. 오물오물 씹어 삼키자 머리가 조금 가벼워졌다.

유메 뒤를 졸졸 따라 빵집을 한 바퀴 돌았다. 갖가지 시식 빵이 여러 개의 노란색 바구니에 담겼다. 마음이 차분히 가라앉으면서 별안간 세상의 모든 소리가 한꺼번에 고막으로 쏟아져 들어왔다.

"유메 짱, 라디오 틀어 놨어? 잡음이 많네."

"아, 이것은 간코쿠노(한국의) 옛날 노래인데 모르겠스므니까?"
"글쎄, 처음 듣는 노랜데."
유메가 스피커의 볼륨을 높이자 노래가 선명하게 다가왔다.

아— 상냥한 악마여
아— 따르디리 따르디리 따랏다
산토리* 마시며 춤추고 노래해!

　남자의 노래에 이어서 들려오는 간주. 목욕탕 안에서 트럼펫을 부는 것 같기도 하고 촌스러운 타악기 소리도 들리는 게 좀 옛날 느낌이 났다. 그래도 멜로디는 흥겨웠다. 아빠가 살아 계실 때 틀던 재즈 음악과 비슷했다. 그때 아빠는 싫다는 엄마의 두 손을 잡아끌고 막춤을 추곤 했다.
　유메가 노래 제목과 가사가 적힌 낡은 수첩을 내밀었다. 「청춘 계급」이라는 제목이 보였다. 이 노래는 옛날 음반을 카세트테이프에 녹음한 거라고 했다.
　"저의 하르모니가 여학생 때 즐겨 듣던 노래이므니다. 하르모니는 게이조에서 나고 자랐어요. 게이조에 관한 추억이 아주 많다고 했지요. 이 노래 들으면서 춤도 추었다고."

• **산토리** 일본 주류 회사 이름.

"게이조?"

"아, 게이조는 한국말로 경성이요."

경성!

이 단어를 유메에게서 다시 듣게 되다니.

잠깐 머리가 띵했다. 이건, 뭐지? 나에게 일어난 미스터리를 유메와 의논하라는 신의 계시가 아닐까?

게이조에서 나고 자랐다면 일제 강점기에 살았다는 얘긴데, 그렇다면 1945년을 기준으로 해도 유메와 유메 할머니의 나이 차이가 너무 많이 난다.

"하르모니는 일본으로 돌아간 후에 결혼을 해서 아들만 다섯 낳았스므니다. 마흔 살 때 어렵게 얻은 막내딸이 저의 오모니지요. 오모니는 중학생이 될 때까지도 외할아버지에게 업혀 다닐 정도로 사랑받았다고 해요. 독신을 고집하다가 결혼을 조금 늦게 해서 유메를 낳았스므니다."

유메가 지갑에서 흑백 증명사진을 꺼내 보였다. 유메처럼 동글동글한 얼굴에 불만이 많아 보이는 눈빛을 한 단발머리 여학생이었다.

"나의 하르모니이므니다. 지난겨울에 돌아가셨어요."

"그렇구나……. 우리 아빠는 작년 봄에 돌아가셨어."

"소데스카(그렇습니까)……."

우리는 잠시 말이 없었다.

분위기가 이래서는 시간 여행 어쩌고 하는 말을 꺼내기 힘들다. 계속해서 아무 말이나 주절거리다 보면 기회가 올 거다.

"참, 유메는 한국에 살아? 아니면 일본에 살면서 잠깐 다니러 온 거야?"

"여름 방학 동안만 다니러 왔스므니다. 꼭 해야 할 일이 있어서. 빵집 주인 아주모니가 제 오모니의 친구이므니다. 일본 대학으로 유학 왔다 친구가 되었다고."

유메가 흑백 사진을 손가락으로 쓰다듬고는 계속 말했다.

"하르모니가 돌아가시기 전에 유언을 남겼습니다. 게이조 집에서 함께 살던 오네상, 그러니까 온니에게 어떤 말을 꼭 전해 달라고요."

"그렇구나……"

내 머릿속은 은빛 회중시계와 거꾸로 가는 초침, 낯선 경성의 풍경들로 얽히고설켜 미로를 형성하고 있었다. 미로 한가운데에서 정신 줄을 놓기 전에 빨리 얘기를 꺼내야 한다.

"유메, 초침이 시계 반대 방향으로 갈 수도 있을까?"

한번 던져 보듯 한 말이다.

유메는 손때가 많이 탄 휴대용 오디오에 카세트테이프를 뒤집어 끼우며 대답했다.

"평범한 시계가 아니라면 가능하지 않겠스므니까?"

"평범하지 않은 시계…… 예를 들면?"

"마법에 걸린 시계라든지 에, 또 과거로 가는 타이무마신이라든지."

걸려들었다!

유메가 나를 미친놈으로 생각하지만 않는다면, 최소한 대화는 이어 갈 수 있다.

"시계가 어떻게 타임머신이 될 수 있겠어? 유메가 과학을 좀 배웠다면 알겠지만, 타임머신을 움직이려면 어마어마한 에너지가 필요하단 말이야. 태엽 감아 주는 것 정도로는 어림도 없다고."

유메의 눈빛이 반짝였다. 뭔가 설명할 논리를 떠올리는 것 같았다. 그러더니 손가락으로 내 팔뚝을 꾹 눌렀다. 맨살에 붉고 동그스름한 자국이 팼다. 살이 원래대로 돌아오는 데 약간의 시간이 걸렸다.

"이것 보시오. 팔뚝에 가해진 힘은 중력이지요. 만약에 중력이 더 세게 가해지면 더 깊은 자국이 생기고 원래대로 돌아오는 데 시간이 좀 더 걸렸을 것이므니다. 질량이 있는 것은 이렇게 주변의 시간과 공간을 왜곡시키므니다. 평소에는 이 왜곡이 잘 느껴지지 않지만 손가락보다 수천만 배 크고 무거운 것이 다가온다면 그만큼 시공간의 왜곡도 커지지 않겠스므니까? 블랙홀 같은 거대한 존재 말이므니다."

"잘 이해가 안 가는데."

"블랙홀은 질량이 어마어마해서 주변의 모든 사물을 빨아들이

지요? 그 정도로 거대한 힘을 발휘하는 존재가 나타난다면 시계를 타이무마신으로 만들 수도 있다는 것이므니다."

그러니까 유메의 말은 고장 난 회중시계가 타임머신이 될 수도 있다는 거였다. 유메는 그 시계를 본 적이 없지만. 어쨌든 내 경험과 유메의 논리를 합해 보자면 그 회중시계가 타임머신일 가능성이 높았다.

대체 무엇이 거대한 에너지로 작용했을까? 고장 난 회중시계의 태엽을 감은 건 바로 나. 그렇다면 내가 바로 거대한 존재?

"말도 안 돼!"

나도 모르게 소리를 질렀다. 3학년 3반에서 제일 존재감 없기로 소문난 놈이 바로 나다. 스르르 나타났다 스르르 사라지는. 빵 셔틀조차도 티 안 나게 할 만큼. 그런 내가 어떻게 타임머신을 조종할 수 있단 말인가.

좋다. 내가 거대한 존재인지 아닌지 시험해 보면 되는 거다. 이 길로 붉은 벽돌 이층집에 가서 회중시계, 아니 타임머신을 가져와야겠다. 훔치는 건 아니다. 아주머니께 잘 말씀드리고 빌려 오든지, 아니면 잠깐…… 조용히…… 가져오는 거다.

근처 붉은 벽돌 이층집에 타임머신이 있다고 말하면 유메는 어떤 표정을 지을까? 진짜 궁금했다.

"유메는 타임머신에 관해 깊은 연구라도 한 거야? 과거나 미래로 가고 싶어서?"

"아, 이로이로나(여러 가지) 책을 읽고 조사를 했스므니다. 하르모니가 남긴 유언이 수수께끼처럼 남아서요. 하르모니를 다시 만나 왜 갑자기 그런 유언을 했는지 물어보고 싶스므니다. 오모니가 자리를 비웠을 때 유메에게만 비밀스럽게 말했으니까요."

하마터면 경성으로 시간 여행을 했다는 사실을 실토할 뻔했다. 일단은 참았다. 유메가 자기도 시간 여행을 하겠다고 나서면 뒷감당할 자신이 없어서다. 시간 여행에 관한 영화에서는 과거의 사소한 변화 때문에 현재가 달라지는 장면이 많이 나온다. 과거의 변화는 현재에도 영향을 미치는 것이다. 어차피 유메에게 타임머신까지 필요하지는 않을 거다. 내가 그 언니 찾는 걸 도와주면 되니까.

옛날 노래가 계속 흘러나왔다. 잡음 때문에 가사를 알아듣기 힘든 노래도 있었지만, 「오빠는 풍각쟁이」가 나올 때는 나도 모르게 따라서 흥얼거렸다. 전에 드라마 남자 주인공이 부르는 걸 들은 적이 있다.

타임머신이 있다면 언제로 돌아가고 싶으냐고, 유메가 물었다.

"당근 아빠가 살아 계시던 때지. 할 수만 있다면 그 시간대에 영원히 살 거야."

"에에?"

유메의 입이 헤벌어졌다. 마치 개천에 거꾸로 처박힌 엉뚱한 남자 친구를 보는 애니메이션 여주인공 같은 얼굴이었다. 내 말이 그렇게 어처구니없었나?

"해키 꿍, 시간 여행을 할 수는 있지만 언제나 현실로 돌아와야 해요. 우리는 현실의 사람이니까요."

"그건 유메가 몰라서 하는 소리야. 지금 내 주변엔 늑대들이 설치고 다닌다고. 언제 쳐들어와서 치약 샌드위치 같은 걸 먹일지 모른단 말이야. 그러니까 늑대들이 폭삭 늙어 죽을 때까지 어디든 가서 숨어 살아야 한다고."

아차, 부끄러운 비밀을 순식간에 발설해 버리다니. 망했다. 이제 유메도 나를 무시하겠지. 우리 반 애들처럼.

유메의 표정이 심각해졌다. 잠깐 슬픈 표정을 지었다가 금세 다시 빙긋 웃었다.

"해키 꿍."

내 이름을 부르는 유메의 목소리가 달콤하게 느껴졌다.

"늑대는 어디에나 있스므니다. 도망쳐도 또 만나게 되지요. 한 번 도망치면 영원히 도망치게 되므니다."

나는 당장 붉은 벽돌 이층집으로 달려가고 싶었다. 회중시계를 움직여서 아빠에게 가는 거다. 그러면 이 창피한 순간을 벗어날 수 있겠지.

유메가 오디오 전원을 끄고 카운터 밖으로 나왔다. 동글동글한 얼굴이 내 얼굴 한 뼘 앞으로 다가왔다. 상큼한 레몬 향이 코끝을 간질였다.

"잘못한 일 없는 사람이 왜 두려워하므니까? 도망가지 말고 당당히 말하십시오. '당신의 행동이 나에게 피해를 주므니다. 하지 마십시오.'라고. 늑대도 사람을 두려워해요. 누구나 두려워하는 것이 있스므니다."

나는 레몬 향 때문에 정신이 빙빙 돌 지경이었다. 여자 사람과 이토록 가까운 거리에서 마주한 일이 아마도 태어나 처음일 거다.

얼굴이 확 달아올랐다. 내 심장 소리가 유메에게 들릴까 봐 한 걸음 뒤로 물러섰다. 화제를 바꿔야 했다. 한 걸음 더 뒤로 물러서며 짐짓 아무렇지도 않은 척 물었다.

"참, 유메의 할머니가 조선인 언니에게 전하라는 말이 뭐였어?"

내가 묻자, 유메는 큰 숨을 한 번 들이쉬고 길게 내뱉었다.

"고멘나사이, 고코로카라(미안해요, 마음으로부터)."

10
— 수인의 시간 —

스나이가 사라졌다! 쥐새끼 한 마리 대문 밖으로 나가는 걸 못 봤는데.

후지모토 상의 눈에 띄지 않아 차라리 다행이었다. 낯선 사람을 집에 들였다고 자칫 나까지 경을 칠 뻔했다.

시계는 하루코의 책상 서랍에 온전히 있었다. 그 스나이가 도둑이 아닌 것만은 확실했다. 그렇다면 정체가 무엇일까? 대체 어디로 사라진 것일까? 벽장 안에서 훅 끼쳐 오던 더운 숨결이 떠올라 머릿속이 하얘졌다. 하루 종일 일이 손에 잡히질 않았다.

다음 날은 아침부터 응접실이 몹시 북적였다.

신문사에서 나왔다는 기자가 사진기 조명을 팡팡 터뜨렸다. 또 다른 기자는 질문하기 바빴다.

"후지모토 상, 시간 기념일을 맞이해 한 말씀 해 주시지요."

"아, 그러니까 '최후의 오 분'이라는 말도 있거니와 생의 승리자는 결국 시간을 어떻게 이용했는가에 달려 있습니다. 시간은 생명의 조각이지요. 경성 부민들 모두 시간의 귀중함을 새롭게 인식해야겠습니다."

시간에 대한 후지모토 상의 연설이 지루하게 이어졌다. 나는 후지모토 상의 심기를 건드리지 않도록 차와 과자를 조심조심 탁자에 올렸다.

6월 10일은 조선 총독부에서 정한 '시간 기념일'이었다. 신문에는 온통 시간에 관한 특집 기사와 시계에 얽힌 사회 각계 명사들의 일화가 실렸다. 거리의 시계점마다 시계를 무료로 수리해 준다고 했다. 경성 방송국에서는 시간의 귀중함을 강조하는 프로그램을 내보냈다.

후지모토 상이 생각났다는 듯이 하루코를 불러 무언가를 지시했다. 하루코가 기자들에게 둘러싸인 자기 아버지를 존경의 눈으로 바라보며 고개를 주억거렸다. 그러고는 방에 가서 회중시계를 들고 나왔다.

"엘진에서 제작한 회중시계로군요! 14각으로 정교하게 다듬은 둘레와 은도금이 아주 세련됐습니다. 신비로운 분위기마저 풍기는데요."

기자는 진심으로 찬탄해 마지않았다. 이런 시계 하나 갖고 싶다는 눈빛도 숨기지 않았다.

"격이 있는 사람이라면 회중시계를 갖고 다니지요. 손목에 차는 건 아무래도 경박스러워 보이니까."

후지모토 상이 젠체하며 말했다.

"하루코 짱, 이 시계는 어떻게 갖게 되었습니까?"

기자의 질문에 하루코의 얼굴이 발그레해졌다.

"사흘 전 하루코의 할아버지께서 선물하신 겁니다. 시간 기념일을 맞이해서."

후지모토 상이 하루코 대신 대답했다. 하루코는 얼굴이 빨개져서는 손가락을 꼬아 댔다.

"아! 경성 부회 부회장이신 오노 상 말씀이군요. 그러잖아도 신당리 문화 주택 단지를 취재할 때 뵈었습니다. 그 일대에서 제일 좋은 집에 사시더군요. 안목이 있는 분이라는 걸 진즉에 알았답니다."

"하하, 안목이라면 저도 못지않습니다. 시계의 뒷면을 보시지요."

"글씨를 새겼군요. Race the clock. 시간과 싸워라!"

"다음 세대의 가슴에 새기고픈 말을 제가 직접 정했습니다. 일본이 아시아의 리더로 우뚝 서려면 내외 신민들이 촌음을 아껴 천황 폐하를 위해 봉사해야 하니까요. 애독자들에게 그 깊은 뜻이 전해져야 할 텐데."

그러자 신문 기자는 후지모토 상이야말로 일본을 선두에서 이끌어 갈 인재라며 한껏 치켜세웠다. 총독부 세무 감사국장 정도면 잘 보여야 할 충분한 이유가 있는 자리였다.

"시간은 황금보다 귀한 것입니다."

후지모토 상은 현관에서 신발을 신는 기자를 향해 한 번 더 강조했다. 이 세상에서 자기만큼 시간을 뜻있게 쓰는 사람은 없다는 투였다.

응접실을 정리하다 속이 끓어올랐다.

'단 일 초도 허투루 쓰지 않으려는 사람이 나의 시간에 대해서는 왜…….'

그나마 끓어오르던 속이 가라앉은 것은 고수락머리 스나이 덕분이었다. 벽장에서 나타났다 홀연히 사라진 스나이의 정체가 궁금해 죽을 지경이었다. 어제는 벽장 어딘가에 틈이 있는 것이 아닐까 싶어 여기저기 두드려 보기까지 했다.

궁금증을 해결해 줄 사람은 한씨 아저씨뿐이었다.

"아저씨, '서기'가 뭐야요?"

하루코를 학교에 데려다주자마자 광화문통으로 달려갔다.

"서기? 글씨 쓰는 사람 말이냐? 아니면 동기, 남기, 북기랑 비슷한 말이더냐?"

"아……!"

내 얼굴에 실망의 빛이 비쳤는지 아저씨가 손사래를 쳤다.

"장난이다, 장난. 그거야 서양에서 쓰는 기원이지. 예수가 태어난 해를 기준으로 몇 년이다, 이렇게 계산하는 거야. 지금은 서기 1940년이고."

"예에? 그럼 서기 2016년은 대체 언제쯤이야요?"

"까마득히 먼 미래가 아니더냐. 너나 내가 그때까지 살아 있기나 할는지, 허허."

"그렇게 먼 미래에서 지금 여기로 사람이 올 수도 있나요?"

"타이무마신만 있으면 그럴 수 있지, 암."

한씨 아저씨는 시간을 이동하는 기계에 대해 한참 설명했다. 구라파에서는 그런 기계를 소재로 한 소설이 벌써 나왔다는 것이다.

다시 그저께의 일을 떠올려 보았다. 안경을 쓴 고수락머리 스나이는 지금 2016년이 아니냐며 몹시 당황했었다. 쇼와 15년이라는 말도 못 알아들었다. 한씨 아저씨한테 들은 얘기에 그저께 겪은 일을 더하면…….

"미래에서 온 스나이?"

얼빠진 표정으로 중얼거리자 아저씨가 반색했다.

"오, 그거 신선한 표현이로구나. 내 씨나리오 제목으로 딱이다."

자나 깨나 영화밖에 모르는 아저씨. 오시이레에서 있었던 일을 말할까, 말까?

고개를 저었다. 누군지도 모를 남정네와 벽장에서 숨결이 느껴질 만큼 가까이 있지 않았던가. 남녀가 유별한 조선 땅에서 살려면 죽는 날까지 숨겨야 할 일인지도 몰랐다.

나는 정신이 나간 사람처럼 허위허위 집으로 돌아왔다. 그 일은 참말로 벌어진 일일까, 아니면 영화광 한씨 아저씨 때문에 내가 영화 같은 헛것을 본 것일까? 그도 아니면 오시이레가 무슨 조화를 부린 것일까? 살다 보면 가끔 귀신이 곡할 노릇이 생기기도 하니까.

통 말이 안 된다. 1940년에서 76년을 더해야 2016년이 된다. 정말 2016년에서 온 스나이라면 지금부터 나이를 세 보아도 백발노인일 텐데, 겨우 내 또래로 보이는 스나이가 그렇게 나이를 많이 먹었을 리 없잖은가.

마당 구석에 있는 수도꼭지를 틀었다. 쏴아—— 소리를 내며 빨래 통으로 물줄기가 쏟아졌다. 일본 관리의 집이라고 해도 이렇게 높은 지대에 수도를 놓기란 쉽지 않다. 원래는 큰길에서 여기까지 상수도관을 연결할 계획이 없었는데, 무슨 수를 썼는지 갑자기 공사를 하더라고 동네 아낙들이 쑥덕이는 걸 들었다. 조선말이 듣고 싶어서 일부러 공동 수도에 갈 때면 나는 차례를 기다리는 척하며 두 귀를 활짝 열곤 했다.

식모의 시간에는 딴생각할 겨를이 없다. 행군 빨래를 재빨리 탈탈 털어 줄에 널었다. 또 불벼락이 떨어지기 전에 하루코를 마중하러 가야 했다.

그날 오후에는 아무리 기다려도 하루코가 교문 밖으로 나오지 않았다. 담벼락 아래에서 「막간 아가씨」를 다섯 번도 넘게 흥얼거렸다. 물론 지나가는 사람이 없을 때에만 아주 작은 목소리로.

'교실로 찾아가 볼까?'

선뜻 교문 안으로 들어서지 못했다. 학생이 아니라고 쫓겨날 것 같았다. 재빠르게 살펴보니 수위실이 비어 있었다.

교정의 회화나무 주위를 빙빙 돌며 현관 쪽을 살폈다. 백 년은 훌쩍 넘었음 직한 회화나무가 운동장 한가운데에서 아름다운 가지와 푸른 잎사귀를 드리우고 있었다.

하루코를 찾아 교실로 가 보았다. 어느 반인지 몰라서 교실을 다 뒤졌다. 송(松) 반, 매(梅) 반, 죽(竹) 반, 국(菊) 반. 어디에도 없었다. 목요일 마지막 수업은 가정이라고 했던 게 생각났다. 가정 시간이면 해진 군복을 깁는 게 너무 싫다고 자기 어머니에게 툴툴대곤 했던 것이다.

복도 끝에서 겨우 실습실을 찾아냈다. 문을 열려는 순간, 안에서 앙칼진 목소리가 새어 나왔다.

"내지에서는 별 볼 일 없던 촌것들이 조선에 와서 그럴듯하게 행세하고 다닌다니까."

"맞아, 네 할아버지는 후쿠오카에서 부잣집에 딸을 팔고 건너온 농부라지? 거지 같던 것들이 어쩌다 한몫 잡아 행세하기는."

"거지 아니야. 우리 할아버지는 혼자 힘으로 성공해서 이제는 경성 부회 부회장까지 맡고 계신다고. 경성 부회는 투표로 뽑혀야 들어갈 수 있는 곳이야. 열심히 일한 사람을 비난하다니 옳지 않잖아."

"옳고 말고는 너 따위가 결정할 문제가 아니지. 우린 너랑 같은 교실에서 수업받는 거 자체가 불쾌해. 너희 아버지는 군대 근처도 안 가 봤다며?"

"그러게 말이야. 우리 일본 제국을 이끌어 가는 건 뭐니 뭐니 해도 군인들이라고. 먹물 나부랭이나 장사치들은 정말 끔찍해. 그저 잇속만 밝아 가지곤."

잠시 정적이 흘렀다.

이윽고 선심 쓰는 듯한 목소리가 들렸다.

"우리 몫까지 이 옷들 수선해 놓고 가면 봐줄게."

"싫어."

"말 안 들으면 경성 거리에 소문낼 거야. 너희 아버지는 순 뇌물쟁이이고, 너희 할아버지는 조선 사람 돈 쓸어 담는 사악한 흡혈귀라고 말이야."

실습실 앞문으로 여학생들이 우르르 몰려나왔다. 모두 네 명이었다. 나는 얼른 벽 쪽으로 몸을 돌렸다. 내 몸에 닿을까 봐 순식간에 곁을 지나가는 게 느껴졌다.

"쟤 조선인 하녀라며? 불결하게 왜 여기까지 들어온 거야!"

"하녀를 데리고 다니면 자기가 공주 대접이라도 받을 줄 알았나 보지?"

"어리석은 거지 족속!"

깔깔거리는 웃음소리가 복도를 이어 계단 아래로 사라졌다.

실습실 문은 열려 있었다.

하루코가 해진 군복 더미 앞에 앉아 바느질을 하고 있었다. 책상마다 재봉틀이 있었지만 하루코는 재봉질을 할 줄 모르는 모양이었다.

나도 재봉틀은 만져 본 적이 없었다. 가만히 맞은편 의자에 앉아 바늘을 찾았다.

"그만둬. 내 일이야."

하루코가 말했지만, 나는 못 들은 척 바늘에 실을 꿰었다.

"그만두라고!"

벌떡 일어나려던 하루코가 낮게 비명을 질렀다.

하루코의 손가락에 핏방울이 맺혔다. 동시에 하루코의 얼굴이 백지장처럼 창백해졌다. 겨우 피 한 방울에 호들갑이라니, 속으로 코웃음이 났다.

"어려움에 처한 사람을 모른 척할 수는 없어. 그게 우리 부모님께 배운 거니까."

하루코야 뭐라고 하든 말든 바느질을 시작했다. 단추가 떨어진 데에는 단추를 새로 달고, 헐어 빠지거나 구멍이 난 데에는 같은 색깔의 헝겊을 덧대 기웠다.

일본이 중일전쟁을 일으킨 지 삼 년째 되는 해였다. 조선을 디딤돌 삼아 중국까지 삼키기 위한 전쟁이었는데 이기기 위해서는 군수 물자가 끊임없이 필요했다. 조선 사람들이 농사지은 쌀을 몽땅 거둬 가고, 그 대신 먹기 힘든 콩깻묵을 '대두미(大豆米)'라는 이름으로 배급한다는 사실은 한씨 아저씨의 입을 통해 들은 적이 있다. 하지만 일본인 자녀들만 다닌다는 여학교에서도 해진 군복을 수선하고 있을 줄은 몰랐다. 전쟁이 심각해지고 있음을 실감할 수 있었다.

재빠른 솜씨로 수십 벌의 수선을 마쳤다. 하루코 앞에 있던 군복까지 모두. 나는 뭘 해도 일 등을 하고 마는 현수인이니까. 손수건으로 지혈을 마친 하루코도 말없이 바늘을 놀려 마지막 군복을 수선하고 있었다.

가을 오후의 햇살을 받아 책상과 의자들이 길게 그림자를 드리웠다. 군복을 개킬 때마다 먼지가 풀풀 날렸다.

어느 순간 교실 바닥에 나의 그림자와 하루코의 그림자가 나란히 늘어져 있었다.

11
햇귀의 시간

"과거로의 시간 여행은 개뿔."

나도 모르게 욕이 튀어나왔다.

아까 가져온 은빛 회중시계가 내 손에 놓여 있다. 이 시계는 타임머신이 아닌 것 같다.

태엽을 감으면서 시간과 싸우라는 주문도 외워 봤다. 아무 일도 일어나지 않았다. 거꾸로 움직이던 초침은 꿈쩍도 하지 않았고 바람도 불지 않았다. 어둠 속에서 버려진 뼈다귀처럼 이리저리 부딪히는 일도 없었다. 이 시계가 정말로 타임머신이라면 아빠가 살아 있던 시간으로 돌아갈 수 있었을 거다. 하지만 여전히 나는 내 방침대에 걸터앉아 있다.

회중시계는 왜 하필 내 앞에 나타났을까? 아니, 왜 내가 발견한 걸까? 유메는 왜 하필 그 빵집에 있었을까? 어떤 존재가 내 앞에 나타나는 데에는 다 이유가 있는 걸까? 모른 척하기에는 운명이 가만있지 않을 그런 일인 걸까?

내게 일어난 기묘한 일들의 시작점에 그 할머니가 있는 것만 같다. 상처 입은 애벌레처럼 잔뜩 웅크리고 있던 할머니의 뒷모습이 떠오른다. 대체 할머니의 인생에 어떤 비극이 있었기에…….

맞다, 삐야! '삐야'라는 소리에 끌려간 소녀들이 울음을 터뜨렸다고 했다.

회중시계를 책상에 던져두고 컴퓨터를 켰다. 일본어 사전에서 검색해 보니 별다른 결과가 없었다. 사전에 등재된 단어가 아니라는 뜻이다. 그렇다면 삐야는 일본어가 아닌 건가?

사전이 아닌 일반 검색을 해 봤다.

삐야 빵집, 삐야 메이크업, 삐야 구두.

무슨 뜻인지 알 수 없는 '삐야'였다. 한번 발동한 호기심은 끝까지 파헤치는 게 나 오햇귀의 두 번째 특기다. 첫 번째 특기는 존재감 없이 행동하는 거고.

폭풍 검색을 시작했다. 이번에는 '일본 삐야'라고 검색어를 집어넣었다. 할머니는 일본에 피해를 당했다고 했고, 그 피해와 관련된 단어가 삐야니까.

두 개의 검색어가 모두 포함된 글이 몇 개 떴다. 신문이나 잡지에 실린 글들이었다.

"여기 있다! 삐야. 일본군 주둔지에 설치되었던 위안소."

위안소에는 조직적으로 끌려간 위안부들이 있었고, 위안부들은 일본 군인에게 성폭행을 당했다. 20만 명이 넘는 여성이 끌려가서 상당수가 죽음을 맞이했고, 살아 돌아온 여성들도 아직 일본으로 부터 제대로 된 사과와 보상을 받지 못했다는 내용이었다.

그러니까 할머니는 일본군 강제 위안부였구나. 그 또한 현실감이 느껴지지 않았다. 어떤 일을 '비극적'이라고 말하려면 어느 정도의 비극이어야 하는 걸까? 얼굴에 칼자국이 생기는 정도?

내친김에 강제 위안부에 대해 더 자세히 찾아봤다. 상반된 의견을 주장하는 글들도 있었다. 이를테면 위안부가 강제로 끌려갔다, 아니다, 돈을 벌기 위해 자발적으로 갔다, 일본이 사과와 보상을 해야 한다, 아니다, 그럴 필요 없다 등등.

내일은 붉은 벽돌 이층집에 가는 날이다. 선생님을 만나면 물어봐야겠다. 무엇이 진실인지.

진실과 상관없이 기억의 유통 기한은 얼마만큼일까? 할머니는 칠십 년도 더 지난 일 때문에 악몽을 꾼다. 그렇게 오래된 기억이 아직도 생생하다는 게 믿기지 않는다. 기억이란 시간을 타고 흩어진다고 생각했다. 나는 작년에 돌아가신 아빠도 가끔 잊어버리니까. 오늘은 아빠 생각을 굉장히 많이 한 셈이다.

아빠가 보고 싶다. 만약 아빠가 살아 있던 때로 돌아갔다면 아빠의 죽음을 막을 수 있었을까? 아니면 다시 한 번 장례식을 경험해야 했을까? '故 오영우 님'이라는 글자와 아빠의 영정 사진을 다시 본다고 상상하니 우울해졌다. 오늘의 시간 여행 실패는 차라리 다행스러운 일일지도 모른다.

여전히 의문이 남아 있다. 회중시계를 손에 쥐고 시간 이동이 되었을 때와 되지 않았을 때의 차이를 생각해 봤다. 붉은 벽돌 이층집 벽장이었느냐, 아니면 내 방이었느냐, 그 차이뿐이다. 다른 조건은 똑같았다.

벽장!

내가 왜 그걸 놓치고 있었지? 처음 벽장 안에 들어가 앉았을 때 벽장이 움찔하는 걸 느꼈다. 그때는 기분 탓이라고만 생각했었다. 왜냐하면 벽장은 절대 움직일 수 없는 무생물이니까.

그다음에 이불 더미에서 떨어진 회중시계를 발견했을 때, 벽장이 또 움찔했다. 그 느낌은 생생하게 기억한다. 잔뜩 배고팠다가 음식물을 삼켰을 때 내 위장이 반응하던 것과 비슷했다. 회중시계의 태엽을 감으며 주문을 외자 멀리서 노랫소리가 들려왔다. 벽장에서 경성으로 시간 이동을 한 순간 북한 말씨를 쓰는 여자애가 바로 옆에서 노래를 부르고 있었다.

벽장, 회중시계, 노래. 분명 아무 연관이 없어 보이는 단어들이다. 이 세 가지는 서로 파동을 주고받으며 반응하기라도 하는 걸까?

처음 붉은 벽돌 이층집에 갔을 때 집 전체가 병들어 가는 생명

체처럼 느껴졌다. 다 죽어 가는 집에서 유일하게 꿈틀대는 공기가 느껴진 곳이 바로 벽장이었다. 벽장은 붉은 벽돌 이층집의 심장인지도 몰랐다. 그 심장 안에 숨었을 때, 나는 누구보다 간절히 도망치고 싶어 했다. 그곳이 어디든. 나의 염원이 다 죽어 가는 심장을 건드렸고, 그러자 회중시계가 튀어나왔으며, 회중시계의 태엽을 감고 주문을 외우자 벽장이 나를 경성으로 데려갔다.

망상일지도 모른다. 내일 붉은 벽돌 이층집에 가서 좀 더 알아보자. 허락도 없이 벽장에서 꺼내 온 회중시계도 제자리에 돌려 놓아야 한다. 아까 유메네 빵집을 나서서 곧바로 붉은 벽돌 이층집까지 뛰어갔었다. 도우미 아주머니는 벽장에 스마트폰을 떨어뜨렸다는 내 말을 곧이곧대로 믿어 주었다.

거짓말을 한 게 마음에 걸린다.

12
- 수인의 시간 -

하루코와 함께 집에 돌아오니, 살벌한 분위기가 대문 밖까지 뻗쳐 있었다.

목욕 가운을 걸친 후지모토 상이 마당에 나와 있었다.

아차, 깜빡했다. 후지모토 상의 목욕물! 오후 5시 30분이면 반드시 대령해야 할 새 목욕물!

"잘못했습니다! 잘못했습니다!"

나는 무릎을 꿇고 빌었다. 덜덜 떨리는 두 손을 깍지 껴서 진정시켰다.

후지모토 상이 나를 붙잡아 일으키더니 호되게 뺨을 후려쳤다.

"내가 여기서 몇 분을 기다렸는지 아나? 자그마치 십오 분이다.

내 귀한 시간을 뺏다니, 용서할 수 없다."

얼굴이 떨어져 나갈 듯 아팠지만 다시 무릎을 꿇었다. 하루코를 돕느라고 늦었다는 말은 차마 입 밖으로 나오지 않았다. 후지모토 상의 서슬에 놀란 건 하루코도 마찬가지였기 때문이다. 후지모토 상은 약속 시각 어기는 것을 용납하지 않는 성격이었고, 한번 화가 났다 하면 오노 상도 말리지 못했다.

현관 안으로 들어갔다 나온 후지모토 상의 손에 기다란 칼이 들려 있었다. 가을 햇살이 칼날에 반사되어 눈이 부셨다. 하루코의 얼굴이 새하얗게 질리는 걸 본 순간, 칼이 허공을 갈랐다.

휙!

눈을 질끈 감았다. 나는 이제 죽는구나.

목이 잘려도 잠깐은 의식이 붙어 있다는 말을 들은 적이 있다. 벌레를 반으로 잘라도 양쪽 모두 꿈틀대는 게 그 증거라고 한씨 아저씨가 그랬었다. 내 목이 잘려 나가 마지막 숨을 쉬고 있는 게 틀림없었다. 눈앞이 캄캄한데 숨은 쉬어지니 말이다.

이상했다. 손가락을 꼼지락거릴 수 있었다. 감은 눈을 떴더니 앞이 환해졌다.

목덜미가 휑했다. 더듬더듬 목을 만져 보았다. 목은 다행히도 붙어 있었다. 하지만…….

내 눈에서 후드득 눈물이 떨어졌다. 나의 보물 1호. 길게 땋아 늘인 머리칼이 잘린 것이다.

"타인의 시간을 빼앗은 사람에게 미래는 없다. 평생 명심하도록. 알겠나?"

후지모토 상이 칼끝을 내 턱 밑에 갖다 대고 말했다.

나는 고개를 치켜든 채 조심조심 끄덕였다.

"소리 내어 대답해!"

목을 벨 듯 다가온 칼날이 서늘했다.

"하이! 하이, 하이!"

나는 골목 아래까지 들릴 만큼 큰 소리로 대답했다. 쉴 새 없이 흐르는 눈물을 닦아 낼 엄두조차 내지 못했다.

우리 집에서는 누구도 나를 때리지 않았다. 아버지는 회초리 한 번 든 적이 없었고 어머니도 마찬가지였다. 어느 집 대문 안에서 칼이 휘둘리고 머리칼이 잘리는 일은 내가 상상할 수 있는 영역 바깥에 있었다.

내 방으로 올라와 거울을 들여다보았다. 어설픈 단발머리 소녀가 퉁퉁 부은 눈으로 울고 있었다. 고향 동네의 어른들이 나만 보면 하던 말, '백옥 같은 뺨' 한쪽이 빨갰다.

"하쓰! 어서 나와!"

노리코 상의 신경질적인 목소리. 나 아닌 다른 사람을 부르는 것만 같았다. 알고 보니 '하쓰'는 하대하는 사람에게 아무렇게나 갖다 붙이는 의미 없는 이름이었다. 온 식구가 나를 하쓰라고 불렀다. 길에서 사는 고양이나 떠돌이 개를 '나비야'라거나 '바둑아'라고 부르듯.

마당에 나가 물을 길어다 목욕탕의 가마솥에 붓고 또 부었다. 목욕물에 내 눈물도 조금은 섞였을 것이다.

저녁 설거지와 응접실 청소까지 마친 다음 부엌에 쪼그려 앉아 남은 밥을 먹는 둥 마는 둥 했다. 서러움이 목구멍으로 올라와 돌멩이들처럼 덜거덕거렸다. 차라리 오라버니 말대로 일찍 시집이나 가 버릴걸.

이부자리를 폈다. 스르르 눈이 감기다가 몇 번이나 화들짝 놀라 깼다. 아까의 충격이 좀처럼 가시질 않았다. 내 정신의 한가운데 칼자국이 나서 피를 철철 흘리는 것 같았다. 보이지 않는 핏방울이 비릿한 냄새를 풍겼다.

어두컴컴한 방 안에 멍하니 앉아 있다가, 불현듯 옷 보따리를 풀었다. 빛바랜 종이에 싸인 아버지의 선물. 나의 보물 2호!

김해송의 레코드판을 꼭 껴안고 모로 누워 잠을 청했다. 보물 1호는 잘려 나갔지만, 보물 2호만은 절대로 잃어버리지 않으리라.

복도 맞은편 방문이 조심스레 열리는 기척이 들렸다. 살금살금 걷는 발소리에 이어 내 방문이 슬며시 열렸다. 발소리가 내 등 뒤에서 멈추는가 싶더니 잠깐 바스락거리는 소리가 났다. 발소리는 다시 방 밖으로 사라졌다.

몸을 일으켜 바닥에 놓인 종이 뭉치를 펴 보았다.

잘려 나간 머리칼이었다. 평소 옆에 오지도 않던 하루코가 내 방까지 들어오다니. 자기 때문에 벌어진 일이라 미안했던 것인가. 이런다고 잘린 머리칼이 다시 붙기라도 한단 말인가. 머릿속이 어수선한 밤이었다.

토요일에 오노 상이 왔다.

"아버지, 사업은 잘되십니까?"

후지모토 상은 자기 아버지 안부보다 사업 근황이 더 궁금한 듯했다. 항상 첫인사가 그랬다.

걸레질을 하며 응접실을 지나칠 때였다. 어떻게 알았는지 오노 상이 하루코를 위로하는 소리가 들렸다.

"너 며칠 전에 곤욕을 치렀다면서? 다 애들이 샘을 내서 그러는 거다. 이 할아비가 일본 제국을 위해 얼마나 애쓰는데. 경성 부회에서 안건 정하랴, 새로운 문화 주택지 개발하랴, 고양이 손이라도 빌리고 싶을 정도로 바쁘단 말이다."

군인들만 천황에게 충성하는 것이 아니며, 조선에서 세금을 잘 거둬들이고 황국의 신민들이 더 잘살 수 있게 하는 것도 군인 못지않게 충성하는 일이라고 오노 상은 몇 번이나 강조했다.

하루코가 괜찮다는데도 오노 상은 나가자고 제안했다. 다 함께 창경원에 가서 호주산 웃는 새˚와 강가루˚를 구경하고 미쓰코시 백화점에 가서 쇼핑도 하자는 것이었다.

˚**웃는 새** 사람의 웃음소리와 비슷하게 큰 울음소리를 내는 호주의 새 '쿠카부라'.
˚**강가루** 캥거루.

순식간에 집이 텅 비었다. 나만 버려진 느낌이 들었다.

획. 공중을 가르던 칼날이 자꾸만 떠올랐다. 목덜미가 욱신거리고 자꾸만 소름이 돋았다.

덜거덕덜거덕 요란하게 설거지를 했다. 빨랫방망이로 후지모토 상의 이불 홑청을 흠씬 두들겨 팼다.

"나 현수인이야. 이 정도로 인생 포기하지 않는다고."

집안일을 모두 마친 다음 조심성 없이 발을 쿵쿵 구르며 내 방으로 올라갔다. 호기롭게 오시이레 문을 밀어젖혔다.

"모시모시, 아 모시모시?"

첫 소절을 시작할 때 눈을 반짝이던 급우들이 떠올랐다.

"저응 저응 아이 러브 유.

아이고 망측해라, 아이 돈 노우 빠이빠이."

노래를 마치기도 전에 배꼽을 잡고 웃어 대던 급우들이 눈앞에 그려졌다.

"이래 봬도 종로에서는 개고기 주사. 나 몰라 개고기 주사를."

「개고기 주사」를 부를 때면 한 손으로 입을 가리고 '오 마이 갓!'을 연발하던 푸른 눈의 교장 선생님도 떠올랐다.

벽장도 신이 나는지 들썩거렸다. 아니, 내 몸이 들썩거린 걸 착각했는지도 모르겠다. 그만큼 신들린 듯 노래를 불러 댔다. 노래를 부르다 한참을 웃어 대고, 또 한참을 웃어 대다 노래를 불렀다. 역시 나는 흥이 많은 에미나이다.

그런데 왜 자꾸 눈물이 날까. 노래를 부르다 말고 한참을 숨죽여 울었다. 이불 더미에 몸을 기댔다. 뺨에 흐르던 눈물이 이불로 스며들었다.

오도 가도 못하는 신세. 고수락머리 스나이라도 나타나 주면 어떨까. 망측한 생각인 건 알지만, 아무나 붙들고 조선말로 푸념을 하고 싶었다. 그러면 기분이 좀 나아질 것도 같은데…….

괘종시계 바늘이 오후 5시를 향해 가고 있었다.

하루코네 가족은 언제쯤 돌아오려나? 저녁밥을 먹고 느지막이 돌아오려나?

목욕물을 새로 받아 두었다. 모든 일을 마치고 마냥 기다리려니 지루했다. 응접실의 축음기에 눈길이 갔다. 고향 집에 있던 나팔꽃 모양의 축음기와는 모양이 조금 달랐다. 네모반듯한 상자에 미세한 구멍이 송송 뚫려 있었는데, 뚜껑을 열면 그 안에 레코드판을 얹는 부분과 바늘이 있었다. 사실 이 집에 처음 오던 날부터 죽 힐끔거렸다.

내 방에서 김해송의 「청춘 계급」 레코드판을 가지고 내려왔다. 아버지가 감옥소에서 돌아오면 함께 들으려고 했던 것이다. 레코드판을 가슴에 안고 축음기 앞을 서성였다.

'딱 한 번만 틀어 볼까…….'

욕망이 두려움을 이겨 먹으려고 했다.

대문 밖으로 나가 골목을 살폈다. 사람이 올라오는 기색은 보이지 않았다. 재빨리 응접실로 돌아와 레코드판을 올리고 그 위에 바늘을 얹었다.

레코드판 홈에 겹겹이 숨어 있던 김해송의 목소리가 바늘을 타고 흘러나왔다. 빗속에서 탭댄스를 추는 것처럼 경쾌한 목소리. 꿈에서도 그리웠던 그의 노래.

> 노래를 부르자 사랑의 소나타
> 이 밤이 다 새도록 노래를 부르자
> 아— 어여쁜 아폴로
> 아— 따르디리 따르디리 따랏다
> 워카*를 마시며 노래를 부르자!
>
> 춤이나 추잔다 사랑의 탭댄스
> 이 밤이 다 새도록 춤이나 추잔다
> 아— 귀여운 아파슈*
> 아— 따르디리 따르디리 따랏다
> 샴팡*을 마시며 춤이나 추잔다!

- **워카** 보드카의 일본식 발음.
- **아파슈** 불량배(프랑스어).
- **샴팡** 샴페인의 일본식 발음.

*춤추고 노래해 여기는 팔레스**
우리는 에로이카 *그늘의 용사다*
아— 상냥한 악마여
아— 따르디리 따르디리 따랏다
산토리 *마시며 춤추고 노래해!*

　도둑맞은 나의 청춘! 김해송의 목소리 끝에서 청춘이 불현듯 나타나 달음질쳐 왔다. 폭풍우처럼, 사자처럼. 나에게는 폭풍우가 몰아치듯 춤추고 사자가 포효하듯 노래할 자유가 있었다.

　김해송의 노랫가락에 취한 듯 리듬을 타며 탁자 주위를 빙글빙글 돌았다. 맨발로 어설프게 탭댄스도 추었다. 잔을 들어 위스키 마시는 흉내를 냈다. 도저히 입 밖으로 노래가 나오지 않았다. 여기는 청춘을 저당 잡힌 하루코네 응접실이니까.

　노래가 끝났다.

　한 번 더. 그래, 한 번만 더 듣는 것이다.

　"춤추고 노래해!"

　마지막 소절을 따라 웅얼거리며 의자에 털썩 주저앉는 순간 음악이 멈췄다.

• **팔레스** 궁전(Palace).
• **에로이카** 영웅적인(이탈리아어).
• **산토리** 일본 주류 회사 이름.

"빨리 치워, 빨리!"

"······?"

"빨리! 부모님이 금방 오신단 말이야."

하루코의 얼굴을 마주하고 나서야 정신이 퍼뜩 들었다. 허둥지둥 레코드판을 집어 들고 내 방으로 뛰어 올라갔다.

곧바로 대문 여는 소리가 났다.

"음악 소리가 들리는 것 같았는데. 우리 집이 아니었나?"

허공도 베어 버릴 것 같은 목소리에 층계를 도로 내려가는 다리가 후들거렸다. 떨지 않으려고 내 손으로 뺨을 툭툭 쳤다. 지난번에는 머리칼이었지만 이번에는 진짜 목이 달아날지도 몰랐다. 허락 없이 주인의 축음기를 만지다니 정신이 나가도 보통 나간 게 아니었다.

"제가 들어왔을 때 아무 소리도 안 들리던걸요."

하루코가 차분하게 말했다.

후지모토 상이 내 쪽은 보지도 않고 안방으로 들어갔다. 노리코 상은 늘 그렇듯 한 손으로 이마를 짚으며 뒤를 따랐다.

김해송의 여운이 가시기도 전에 입술을 꾹 깨물었다.

다시는 외줄 타기 같은 짓을 하지 않으리라.

13
- 햇귀의 시간 -

할머니와 눈이 딱 마주쳤다. 눈빛이 예사롭지 않았다. 가슴이 철렁 내려앉았다. 주머니 속의 회중시계를 만지작거리며 이제나저제나 2층에 올라갈 기회만 엿보는 중이었다.

'도둑으로 몰리면 어쩌지? 아니다. 할머니는 침대에서 혼자 일어나지도 못하는걸. 뭔가 없어져도 알 리 없잖아.

혹시 모르지, 도우미 아주머니가 알아차리고 말했을지도.'

이렇거나 저렇거나 무조건 시계를 제자리에 돌려 놓아야 한다.

우리가 찾아갈 때마다 할머니의 안색이 더 나빠졌다. 일본군에게 쫓기는 악몽을 점점 자주 꾸는 탓이었다.

"할머니 건강이 진짜 걱정이다. 녹음 취재를 계속해도 될까 모르겠네.”

선생님은 조금 전 대문을 들어서면서 휴대폰만 한 검은색 녹음기를 폭탄이라도 되는 듯 내려다봤다. 녹음기에는 할머니의 삶이 고스란히 담겨 있었다. 나는 들은 내용도 있고 못 들은 내용도 있었지만, 왠지 마음이 불편했다.

위안소. 위안부.

평소에 접하기 힘든 단어다. 젊은 시절 남자들을 성적으로 상대해야 했던 할머니의 삶. 안 그래도 칼자국이 난 얼굴을 마주하기가 어려웠는데, 이제 더더욱 할머니를 똑바로 쳐다보기 힘들 것 같다. 돈을 벌려고 그 일을 했다는 글이 자꾸 떠올랐다.

“햇귀야.”

또 딴생각이니, 하듯 선생님이 내 팔을 툭 쳤다. 그러고는 녹음 버튼을 눌렀다. 조마조마한 폭탄 가동이 시작되었다.

할머니가 입술을 몇 번 달싹이더니 이야기를 시작했다.

“나는 가수가 되고 싶었어요. 하지만 버마˙라는 멀고도 낯선 땅으로 끌려갔지. 그리고 내가 원하지 않는데도 겁탈을 당했어. 한 명, 두 명, 세 명…… 열세 명의 일본 군인이 나를 덮쳤어. 다리 사이에서 피가 흘렀지. 태어나서 처음 느껴 보는 수치심과 고통으로 덜덜 떨었다. 일본인 의사도 위안소 관리인도 ‘황군을 위해 너의

˙**버마** 동남아시아 미얀마의 옛 이름.

몸을 명예롭게 바쳐라.'라는 말뿐이었어.

도망치다 잡힌 애가 어떻게 됐는지 얘기했던가요? 목이 뎅겅 떨어지면서 피가 공중으로 솟구치던 걸. 도망치고 싶었지만 첫날 죽은 그 애를 떠올리면 엄두가 나질 않는 거야. 그렇다고 자결할 용기도 없었지. 아니, 그건 용기라기보다는 뭐라고 해야 하나……. 나는 부모님께 아무 말도 하지 않고 저세상으로 가고 싶지는 않았어. 식구들 품으로 꼭 돌아가고 싶었다구. 조금만 참고 기다리면 전쟁이 끝나고 고향 집으로 돌아갈 수 있지 않을까 생각했지. 하지만 전쟁은 끝날 기미가 안 보였어. 이제 내 몸은 버렸구나, 시집도 못 가겠구나, 그런 마음이 들어 괴로웠지. 생각해 봐요. 조선은 여인네의 순결을 목숨만큼 중요시하던 나라였다구."

할머니는 잠시 숨을 고른 뒤 이야기를 이어 나갔다.

"다다미 두 장 넓이쯤 되는 방에 갇혀 지냈어. 방마다 문 앞에는 '아사코', '토시코' 같은 나무 명찰이 붙어 있었지. 함께 간 스무 명의 조선 여자애들 모두가 일본식 이름을 지었어. 내 이름은 '하나코(花子)'였지. 현수인의 '인'이 꽃창포라는 뜻이니까 꽃이라는 뜻의 한자를 넣은 거지. 하지만 그곳에서 나는 꽃이 아니라 감옥에 갇힌 수인(囚人)이었어.

내 이름이 무엇이든 일본 군인들에게는 상관이 없었지. 병사가 1원 50전, 하사관이 2원, 대위 중위 소위가 2원 50전, 대령 중령 소령이 3원짜리 표를 사서 내고 정해진 몇 분 동안 욕정을 채우면 그만이었거든. 나중에 무슨 증언들을 보니까 여자의 몸뚱이를 차지하려고 줄을 서 있는 것이 수치스러웠다고 말한 일본군도 있던데, 우리는 수치심과는 별개로 몸이 뼈마디까지 망가지는 고통을 느꼈지.

전쟁이 언제 끝날지도 모르는데 절망하는 마음으로는 도서히 살 수가 없겠더라구. 어떻게든 버틸 방도를 찾아야지. 어떻게 하면 절망에서 벗어날까……. 그래, 일본 군인들에게 측은지심을 느껴 보자 생각했지. 나에게 짐승 같은 짓을 하는 놈들이지만 왜 이 전쟁을 해야 하는지도 모른 채 온 사람들이니까. 자기네 왕을 위해 영예롭게 죽는다는 맹목적인 사람들이니까. 어찌 보면 불쌍하잖아.

나는 살아남으려고 노래를 불렀어요. 내 목소리는 꾀꼬리 같았고 옥구슬 같았지. 다들 그렇게 칭찬했어. 하지만 새장에 갇힌 꾀꼬리였고, 깨진 옥구슬이었지. 그래도 노래는 매일 불렀어. 내가 살아 있다는 걸 느끼고 싶었다구. 일본 노래는 물론 중국 노래, 버마 노래까지 불렀지. 나는 기억력이 좋은 편이라 외국 노래들을 금세 배웠거든. 내 인기가 점점 높아졌어. 장교들의 파티에도 불려 나갔지. 팁도 두둑하게 받곤 했다구."

할머니가 물컵을 들어 목을 축였다. 말을 할 때마다 입술 한쪽 끝이 흉터와 맞물려 기묘하게 움직였다. 나는 그 모습을 보고 싶지 않아서 자꾸만 침대 뒤의 벽지로 시선을 돌렸다.

"할머니, 그 상처는…… 어쩌다 생긴 거예요?"

선생님이 조심스레 물어보았다.

"그래, 이제 얘기할게요."

긴 한숨이 서너 번 이어진 후, 할머니의 목소리가 다시 녹음되었다. 아니, 녹음이 시작되려는 찰나였다.

도우미 아주머니가 방에 들어와서 선생님에게 귓속말을 했다.

"오늘은 이쯤 하는 게 어떠실지……."

아주머니의 목소리가 굵직한 탓에 우리 귀에도 다 들렸다. 아주머니의 말을 들은 건 할머니도 마찬가지였는지, 곧 손사래를 쳤다.

"괜찮아, 괜찮다구. 이왕 시작했으니 계속해야지. 어디까지 얘기했더라? 그래, 그날은 비가 추적추적 내리고 있었지. 나는 기분이 가라앉아 있었어. 병사들이 낸 군표가 몇 개나 되는지 칠판에 그래프가 그려졌지. 관리인이 매일 그래프를 보면서 우리를 독촉했어. 나더러 '하나코는 충분히 일 등 할 수 있겠는데 왜 더 열심히 하지 않지?'라고 하는 거야. 나는 뭐든지 일 등을 해야 직성이 풀리는 성격이었지만, 그 일만큼은 일 등을 하고 싶지가 않았어. 그래프의 막대가 길어질수록 내 가슴에는 질척한 구덩이가 파이는 기분이었거든.

저녁때 위안소 2층 난간에 걸터앉아 조선 가요를 흥얼거렸지. 전쟁터로 끌려와서는 내내 다른 나라 노래만 불렀는데, 그날따라 조선 가요가 미치도록 그리운 거야. 그래서 입에서 나오는 대로 불렀지.

'노래를 부르자, 사랑의 소나타. 이 밤이 다 새도록 노래를 부르
자……'

눈물이 나더라구. 내 꿈은 가수가 되는 거였는데, 전쟁에 미친
군인들 곁에서 이게 뭐하는 노릇인가 말이야. 그런데 마당을 가로
지르던 일본군 장교 하나가 나를 본 거야.

'이봐, 거기. 누가 감히 조선 노래 따위를 부르라고 시켰나!'

그 말에 속이 확 끓어올랐지.

'조선 사람이 조선 노래를 부르는 게 뭐가 이상합니까? 당신들
은 내선일체를 내세우고 황국의 신민이 되라고 하면서도 왜 조선
인을 차별합니까? 여기까지 끌려와서 당신들의 욕정을 채워 주고,
폭격을 피해 도망 다니면서 빨래까지 해 주는데도 일본인으로 동
등하게 대우하지 않는 이유가 뭡니까? 결국 어떻게 해도 차별받는
조선인이 조선 노래 좀 부르는 게 이상한 겁니까!'

내 가슴의 구덩이에 쌓였던 응어리가 한꺼번에 터져 나왔지.

그때였어. 장교의 콧수염이 바르르 떨리더니 2층으로 뛰어 올라
오는 거야. 난간에 걸터앉아 있던 내 등을 확 걷어차더라구. 나는
순식간에 마당으로 떨어졌지. 앉은 자세로 떨어지는 바람에 엉덩
이가 부서지는 줄 알았지. 그게 끝이 아니었어."

할머니가 숨을 몰아쉬었다. 일본군 장교가 바로 눈앞에 나타나
기라도 한 것처럼 동공이 커졌다.

방 안의 공기가 긴장으로 바르르 떨리는 것 같았다. 우리는 숨을 죽인 채 다음 이야기를 기다렸다.

"콧수염 장교가 다시 층계를 다다다다 뛰어 내려오더니 칼을 번쩍 치켜들었어.

'조센진이 어디서 감히 말대꾸야!'

칼날이 바람을 가르는 소리가 들렸지. 그리고 나는 정신을 잃었어."

후아—

내 입에서만 탄식이 새어 나온 게 아니었다. 선생님도 입을 다물지 못했다. 공포 영화보다 더 무서운 이야기였다. 태후는 골똘한 표정이었다.

칼에 맞아 얼굴이 두 동강 날 뻔한 할머니. 할머니는 왜 그런 일을 겪어야만 했을까? 수인이라는 이름에서 하나코라는 이름으로 바뀌었기 때문은 아닐까? 왜 자꾸 이름에 집착하는지는 모르겠지만, 그런 생각이 들었다.

"한쪽 뺨이 귀에서 입까지 찢어져서 수십 바늘을 꿰맸어. 백옥같이 뽀얗던 내 얼굴은 괴물이 되었지. 일본 군인들은 재수가 없다며 나를 피했어. 그 후로 다시는 노래를 부르지 않았지. 모든 것은 마음먹기에 달렸다는 생각도 버렸어. 신을 원망했지. 해도 너무하잖아.

하루는 소나기 내리는 걸 멍청하게 바라보다가, 내일은 강물이 엄청 불겠구나 싶은 거야. 일본군이 한창 퇴각할 때였지. 부대가 강을 건너 이동할 때 물에 뛰어들어 죽어야겠다고 생각했어. 그런데 다음 날이 되니까 일본이 전쟁에서 졌다는 거야. 나도 조선인이 가져온 라디오로 히로히토 일왕의 항복 선언을 들었어. 믿기지가 않더라구."

할머니가 목이 타는지 또 물을 마셨다.

여름 햇살을 막으려고 창에 커튼을 쳐 두었지만, 할머니는 눈이 부신 듯 미간을 찡그렸다. 그러다 곧 엉뚱한 말을 했다.

"환갑이 좀 못 되었을 때 이 집을 샀어요. 여기 살다 보면 왠지 하루코를 다시 만날 것 같은 기분이 드는 거야. 하루코가 한국에 오면 아주 좋아할 텐데. 옛날에 우리가 함께 살던 집이 아직 남아 있고 또 그 집에 내가 살고 있는 걸 보면 말이야."

아련한 표정을 짓던 할머니가 방 안을 두리번거렸다. 마치 이 방에 처음 발을 들여놓은 사람처럼. 그러더니 나를 뚫어지게 쳐다봤다. 할머니의 얼굴에 급작스러운 화색이 돌았다.

"키 큰 양반?"

"……."

"시계는 고쳤어요, 키 큰 양반?"

또 한 번 가슴이 철렁 내려앉았다. 역시 할머니는 알고 있었던 거다. 나는 뭐라고 대답해야 할지 몰라서 끙끙거리기만 했다.

태후가 참을 수 없다는 듯 웃음을 터뜨렸다.

"쟤는 우리 반에서 키가 제일 작아요. 할머니도 참 정신이 오락가락……."

"태후야."

선생님이 엄한 눈짓을 보냈다. 태후는 아차 싶은 얼굴로 입을 다물었다.

"말씀 많이 하셔서 힘드시죠? 저녁 드시고 푹 쉬세요. 저희는 간단하게 청소하고 다음에 또 올게요."

할머니는 서운한 눈치였다. 아이처럼 입을 삐죽거렸다. 어리광을 부리는 듯한 얼굴이 지금까지와는 전혀 다른 사람처럼 보였다.

할머니가 누워 있는 침대를 자꾸 뒤돌아보게 됐다. 태후는 뭘 하는지 꾸무럭대다가 방에서 늦게 나왔다. 부채를 들고 방으로 들어가던 도우미 아주머니가 오늘 청소는 됐다고 했다.

"태후 너, 다음부턴 그런 말 하면 안 돼. 치매는 나이가 들면 누구든 걸릴 수 있는 병이야. 할머니는 증세가 아직 심하지 않아서 관리하는 거에 따라 진행을 늦출 수도 있어. 우리가 더 조심해야 한다고. 알지?"

이층집 대문 앞을 멀찍이 벗어나서야 선생님이 태후를 나무랐다.

"네."

태후가 시무룩한 얼굴로 대답했다. 반장이 선생님한테 혼나는 모습이라니, 내가 괜히 무안해졌다. 그것도 잠깐. 선생님 등 뒤로 태후가 내게 종주먹을 댔다. 입 모양을 보니 '너 이따 죽었어.'라고 말하는 것 같았다. 자기가 잘못해 놓고는 왜 나한테 화풀이하려고 한담. 벌써부터 배가 욱신거렸다.

태후가 선생님 앞에서 착한 반장 코스프레를 할 때 얼른 도망쳐야 한다.

"선생님, 저 들를 데가 있어서 먼저……."

얼버무리면서 꾸벅 인사를 하고 뒤로 돌아 달렸다.

"야, 오햇귀!"

태후가 부르는 소리가 들렸다.

"알랄랄랄랄라!"

나는 아무 말이나 내뱉으면서 마구 뛰었다. 그래서 태후가 뭐라고 하는지 제대로 못 들었다. 그게 바로 내가 노린 거다. 아무것도 듣지 못한 채 골목길을 돌고 돌아 유메네 빵집으로 가는 거다.

참, 회중시계는 제자리에 돌려 놓지 못했다.

14
수인의 시간

그해 여름의 끝자락에 동아일보가 폐간되었다. 나는 그것도 모르고 광화문통에 갔다가 텅 빈 신문 진열대 앞에서 발길을 돌려야 했다.

마침 종로통으로 수레를 끌고 가는 한씨 아저씨를 만났다. 아저씨의 수레에는 책이 산더미처럼 쌓여 있었다. 그 속에 사람이 숨어 누워 있대도 믿을 것 같았다.

"난 이제 화요일과 목요일 아침마다 부립 도서관에 간다. 어용 신문이라도 몰아서 읽어야지 별수 있겠느냐. 나 만나려면 그리로 오너라."

아저씨가 말하는 경성 부립 도서관은 명치정*에 있는 본관이 아니라 종로에 있는 분관이었다. 도서관에 들어가려면 입장료를 2전이나 내야 한다고 했다. 이제 나는 신문 구경도 못 하게 생겼다. 어쩌면 내 눈에 거대 눈곱이 낄지도 몰랐다.

"참, 너 신인 가수 콩쿠르에 나가고 싶다고 했지? 이거 받아라."

아저씨가 거칠게 찢은 신문지 조각을 건넸다.

"폐간되기 얼마 전에 실린 광고다. 너 주려고 몰래 찢어 두었지."

"아자씨, 이리 고마울 데가 있어요!"

두 달 후 인천 공회당에서 '조선 신인 가수 콩쿠르'가 열린다는 광고였다. 경성역에서 제물포까지 경인선 전차를 타면 어렵지 않게 갈 수 있다. 문제는 시간이었다. 왕복 전차 시간에 콩쿠르에 참여하는 시간까지 합하면 한나절 이상을 잡아야 하는데, 나에게 그런 자유 시간이 주어질까…….

"훗날에 아시아의 명가수가 되면 내 책 수레 옆에서 노래 한 자락 불러 주어야 한다. 네 덕에 책이나 날개 돋친 듯 팔아 보자꾸나."

"아시아의 명가수요? 제가 참말 가수가 될 수 있을까요?"

"될 수 있다마다. 너는 싹수가 보여. 목소리가 아주 또르르또르

• **명치정** 오늘날 서울 중구 명동 일대.

르 굴러가는 것 같단 말이지.”

아저씨가 힘주어 내 어깨를 토닥였다.

미래의 나는 어떤 모습일까? 참말 가수가 되어 조선 팔도는 물론 아시아 전역을 누비고 다닐까? 아저씨의 말처럼 꿈이 이루어지면 좋겠다. 만약 현실에서 이루지 못한다면 아저씨의 시나리오에서라도.

총독부 쪽으로 발걸음을 옮겼다. 막 뛰어가려는 찰나, 뒤에서 아저씨가 큰 소리로 내 이름을 부르며 쫓아왔다.

“수인아, 수인아! 이것도 가져가거라!”

아저씨가 신문 쪼가리 묶음을 건넸다.

“너 주려고 기껏 챙겨 와 놓고 내 정신머리하고는. 소설 오린 것을 아무한테나 주지 않는데, 너는 내 동무니까 특별히 주는 게야. 이거라도 읽으면서 잘 지내려무나.”

동아일보에 연재되었던 번역 소설 『여학생 일기』*였다. 자그마치 서른일곱 장이었다. 아저씨는 자기 집 지하실에 쌓아 둔 오래된 신문 더미를 뒤져 찾아냈다고 했다.

내 꿈은 가수인데 소설이나 읽으라니. 집에 돌아오자마자 앉은뱅이책상으로 쓰는 사과 궤짝 속에 넣어 두었다. 그래도 한씨 아저씨의 마음 씀씀이만은 퍽 고마웠다.

* **『여학생 일기』** 진 웹스터의 소설 『키다리 아저씨』.

신인 가수 콩쿠르는 접수도 하지 못한 채 가을이 지나갔다. 나는 광고가 실린 신문 쪼가리를 차마 버리지 못하고 앉은뱅이책상 속에 간직해 두었다.

인왕산 암벽들이 눈꽃에 휩싸였다. 든든한 이마 같기도 하고 넉넉한 치맛자락 같기도 한 인왕산 바위들이 어느덧 고향 뒷산 풍경만큼이나 낯익게 느껴졌다.

경성의 모든 학교가 겨울 방학을 며칠 앞둔 날이었다. 효자정 시장에서 반찬거리를 사 온 길이었다. 하루코가 제 방에서 울고 있었다. 집에는 우리 둘뿐이었다.

나는 하루코에게 따뜻한 물수건을 건넸다. 선뜻 말을 걸지는 못했다.

"차라리 고아가 되어 버렸으면 좋겠어."

흠칫했다. 부모가 멀쩡히 살아 있는데도 그런 불경한 말을 내뱉다니!

그즈음 하루코는 가끔씩 내게 말을 붙이고는 했다. 더 이상 '하쓰'라던가 '조센진'이라고 부르지도 않았다.

"진심이야. 왜 다들 아버지와 할아버지를 욕하는지 이해할 수가 없어. 세상에서 제일 좋은 분들인데. 내가 고아라면 더 이상 그런 욕을 듣지 않아도 될 테니까."

"아……."

나는 대꾸할 말을 찾지 못했다. 이토록 극단적인 말은 처음 들어

보았다. 온돌이 깔려 있지 않은 바닥에 서 있어서 발이 시려 왔다.

"오늘 들은 이야기를 해 줄까? 며칠 전에 아버지가 요릿집에서 도미찜을 30인분이나 시키고는 방석을 휘둘러 전부 엎어 버렸대. 밤새 게이샤들과 진탕 놀고 사무실에 출근해서는 함경도의 어느 일가족이 집단 자살했다는 기사를 읽자마자 한 시간 동안 대성통곡을 했대. 그렇게 이상한 사람이 내 아버지라는 걸 어떻게 믿으란 말이야?"

뜻밖의 이야기였다. 평소의 후지모토 상과 방금 들은 후지모토 상이 같은 사람이라고는 생각되지 않을 정도였다. 하루코가 혼란스러워하는 것도 이해가 되었다.

후지모토 상은 퇴근 후 집에 와서 정갈하게 목욕을 하고 언제나 새하얀 진솔 버선*을 신고 밤 출타를 했다. 속을 가늠할 수 없는 냉철한 표정, 날렵한 콧수염, 반듯하게 기름을 발라 뒤로 넘긴 머리. 흐트러진 모습을 한 번이라도 보인 적이 있던가. 후지모토 상은 열쇠를 따로 가지고 다녔기 때문에 밤중에 문을 열어 줄 필요는 없었다. 철커덩, 대문이 열리는 소리를 듣고 잠에서 깰 때가 있었지만, 후지모토 상이 술에 취해 비틀거리고 있다고는 생각하지 못했다.

"하루코 상은 그 말을 듣고 뭐라고 했어?"

---

* **진솔 버선** 한 번도 빨지 않은 새 버선.

"입술만 깨물었지. 그 애들 앞에서 울고 싶지 않았거든. 그리고 나는 아버지를 존경하니까. 조선인들을 위한 관리로서 언제나 열심히 일하고 계시니까."

들자 하니 지난번에 군복 수선을 떠맡긴 패거리의 소행인 것 같았다. 하루코는 감정이 북받쳐 오는지 무릎을 세워 머리를 묻었다. 나는 엉거주춤 서서 얼어 가는 발가락만 꼼지락거렸다.

후지모토 상의 여흥비는 어디에서 나오는 것일까? 제아무리 총독부 관리라지만 월급만으로 요릿집이나 골프장을 제집 드나들듯 하기에는 어림도 없을 터인데.

한참 울던 하루코가 고개를 들었다.

"수인의 아버지는 어떤 사람이야? 우리 아버지처럼 그런 욕을 먹기도 해?"

"우리 아버지는 천생 선비이고 정직한 분이셔. 지금은…… 감옥소에 계셔. 왜냐하면……."

이번에는 내 눈물샘이 터졌다.

'아버지가 옥살이하고 내가 식모살이를 하는 것은 다 네 아버지 때문이야. 네 아버지 말만 믿고 술을 빚었다가…….'

말할 수 없는 사정이 목구멍에서 맴돌았다. 다시는 그 일을 입 밖에 내지 말라던 후지모토 상의 얼굴이 떠올랐다.

한번 디진 나의 눈물은 써이꺼이 통곡으로 이어졌다. 집에 하루코와 둘뿐인 게 천만다행이었다.

146

"이리 와, 수인."

하루코가 고타쓰*를 가리켰다. 나는 고타쓰를 덮은 이불 속으로 발을 밀어 넣었다.

따뜻한 기운이 종아리를 타고 스멀스멀 올라왔다. 하루코가 내 이름을 불러 주어서 그런지 기분까지 묘하게 따뜻해졌다.

"아버지와 할아버지는 뒷구멍으로 얻는 돈이 많대. 애들 말로 는."

"……."

"전에 여러 가지로 고마웠어."

"아니야……."

우리는 마주 앉아 고타쓰에 발을 넣고 눈물샘이 마를 때까지 울었다. 발이 따뜻해서인지 그렇게 많이 서럽지는 않았다.

기나긴 겨울이 지나고 경성에서 맞는 두 번째 봄이 왔다.

깜짝 놀랄 일이 벌어졌다. 하루코가 내 방에 몰래 들어와 머리칼을 두고 간 것과는 비교도 되지 않는 일이었다.

"수인 짱, 우리 외출할까?"

고타쓰에 발을 묻고 함께 울었던 밤 이후로 하루코의 태도가 한결 부드러워진 것은 사실이었다. 학교에서 집까지 오가는 길에 나

• **고타쓰** 일본 전통 난로. 숯불 화로 위에 탁자를 놓고 이불을 덮어서 사용한다.

란히 걸으며 이따금 말도 섞었다. 그런데 '수인 짱'이라니! '짱'은
일본 사람들이 친근한 사이끼리 붙이는 호칭이었다.

　권력자들과의 회합에 열을 올리던 후지모토 상은 마침 군자리*
골프장에 갔고, 노리코 상은 대구 친정집에 가 있었다.

　"이거 입어, 수인 짱."

　하루코가 내민 것은 세련된 흰색 블라우스와 무릎까지 오는 짧
은 치마였다.

　"예쁘다!"

　대번에 감탄사가 튀어나왔다. 이 집에서 내가 입는 옷이라고는
우중충한 검은색 상의와 왜바지뿐이었다. 모양새가 어찌나 볼품없
는지 몰랐다. 양반이나 하인이나 정갈하게 흰옷 입기를 좋아하는
조선인에게 일본식 일꾼복은 눈에 가하는 폭력이나 다름없었다.

　하루코의 옷을 얼른 받지 못하고 머뭇거리자 하루코가 말했다.

　"괜찮아. 어차피 부모님은 오늘 안 돌아오니까."

　전차를 처음 타 보았다. 명치정으로 가는 전차에 세일러 교복을
입은 하루코와 나란히 앉았다. 전차 소리가 너무 커서 내내 양손으
로 귀를 막았다. 내 옆에 앉은 남자가 다리를 있는 대로 벌리고 꾸
벅꾸벅 졸고 있어서 불편하기 짝이 없었다.

　나는 바깥 풍경에 심취한 척했다. 가끔 구두를 내려다보기도 했

• **군자리** 오늘날 서울 광진구 어린이 대공원 자리. 일제 강점기에 골프장이 있었다.

다. 하루코가 빌려준 에나멜 뾰족구두였다. 하루코와 나는 체격도 발 크기도 아주 비슷했다. 자매가 있다는 건 어떤 기분일까 상상해 보았다.

"명치정 내리시오. 명치정!"

차장이 외치자 하루코가 내 팔을 잡아끌었다.

길 건너편으로 4층짜리 대리석 건물이 보였다.

"저기가 미쓰코시 백화점이야."

하루코가 익숙하게 대리석 계단을 올라 백화점 옥상으로 나를 데려갔다.

아! 말로 표현할 수 없는 향기가 밀려왔다. 말로만 듣던 고히*의 향기였다. 나는 아찔한 그 향기에 취해 하루코가 가리키는 파라솔 아래에 앉았다. 탁자에 고히와 난찌*가 놓였다.

탑처럼 생긴 대리석 분수대가 시원한 물줄기를 뿜어 댔다. 카페의 파라솔 아래에는 중절모를 쓴 세련된 남자들과 양장을 입은 여자들이 삼삼오오 앉아 담소를 나누고 있었다. 하루코는 집에서부터 가방에 넣어 온 옷으로 갈아입고 왔다. 새빨간 원피스 차림이었다. 입술을 오므리고 우아하게 고히를 마시는 모습이 신여성처럼 보였다.

"부모님은 고히를 못 마시게 해. 할아버지는 마셔도 된다고 하

• **고히** 커피.
• **난찌** 런치. 간단한 서양 식사.

고."

하루코의 옷들은 모두 오노 상이 사 준 것이었다. 하루코의 부모님은 엄격했지만 오노 상은 하루코가 갖고 싶은 것이라면 뭐든지 사 주는 인자한 할아버지였다.

"수인 짱은 어떤 남자를 좋아해?"

뜻밖의 질문이었다. 연애 같은 것은 생각해 본 적도 없었다.

"뭐 별로……. 하루코 짱은?"

"나의 이상적인 남성상은 사라리만이야."

"사라리만?"

그때만 해도 여학생들 사이에서는 월급쟁이가 최고의 신랑감이었다. 먹고살기 어려운 시대였기 때문에 매달 월급을 받는 남자라야 결혼 상대자로서 든든한 매력이 있었던 것이다. 하지만 하루코의 이상적 남성상에는 또 다른 이유가 있었다.

"의사나 변호사는 직업상 퍽 엄격할 것 같아. 사라리만이야말로 진정한 로맨스를 아는 사람일 테지. 이왕이면 앞머리가 곱슬하고 안경을 쓴 남자라면 좋겠어. 나는 그런 남자를 보면 가슴이 두근거려."

알고 보니 하루코는 학교에서 영어를 가르치는 총각 선생님을 연모하고 있었다. 일본의 유명한 대학을 나왔는데, 조용조용한 성격에 인격도 훌륭하며 무엇보다 영어 발음이 좋다는 것이었다.

"그 영어 선생님이 안경을 쓰신 모양이로구나? 머리도 곱슬곱슬하고?"

"앗, 수인 짱, 그걸 어떻게 알았어?"

"다 아는 수가 있지."

하루코는 내게 신통한 능력이라도 있는 것처럼 바라보았다. 사랑에 빠지면 바보가 된다더니.

"오, 그이가 퇴근해서 집에 돌아오면 나는 피아노 앞에 앉아 쇼팽의 발라드를 연주해 줄 테야. 교교한 달빛이 피아노 건반을 비추면 우리는 짜릿한 키스를 나누고 그리고……."

"어마, 부끄러워! 망측해!"

비명을 질러 대면서도 웃음을 멈출 수가 없었다. 고히를 마시던 사람들이 일제히 우리를 쳐다봤다. 배 속에 들어간 고히가 내게 얼토당토않은 용기를 주었다. 나는 그들을 똑바로 쳐다보며 말했다.

"간파이(건배)!"

그러자 하루코가 따라 말했다.

"민나(모두) 간파이!"

사람들이 어이없다는 듯 웃고는 다시 자기들끼리 담소를 나눴다.

하루코와 나는 깔깔대며 샌드위치와 소시지를 조그맣게 잘라 숙녀답게 먹고는 백화점 정문을 나섰다.

"우리 파마넨트 해 볼까?"

"파마넨트라면 신여성처럼 머리를 그슬리는 거?"

"응, 종로에 아주 이름난 미용사가 있대. 난 그 조선인 미용사의 실력이 너무 궁금해."

우리는 미쓰코시 백화점 앞에서 달리기 시작했다. 대각선으로 만나는 전차 선로를 뛰어넘고 범종각을 지나 종로 2정목에 있는 4층짜리 빌딩 앞에 다다랐다. 숨이 차서 헉헉대는 내 눈에 '영보 그릴'이라는 양식집 간판이 보였다.

엘리베이터를 타고 그 건물 4층으로 올라갔다. '엽주 미용실'이 라고 적힌 문을 열고 들어가니 문 옆에서 오렌지가 그려진 깃발이 가볍게 펄럭였다. 초록색 등걸이가 걸쳐진 의자에 앉아 잡지책을 뒤적이며 대기하던 손님들의 시선이 일제히 우리에게 쏟아졌다.

고히의 기운이 다 된 듯 내 마음에 수줍음이 밀려왔다. 그래서 하루코 뒤에 숨어 미용실 안을 두리번거렸다. 대기석 탁자의 화병 에 처음 보는 분홍색 꽃이 다발로 꽂혀 있었고, 벽에는 금발 미녀 의 대형 사진이 여러 장 붙어 있었다. 미쓰코시 옥상 정원에 이어 두 번째로 탐험하게 된 신세계였다.

연지색 드레스에 어깨끈이 달린 흰색 앞치마를 입은 여자가 다 가왔다. 언뜻 보기에 아가씨인 줄 알았는데, 자세히 보니 중년 부 인이었다.

"무엇을 도와 드릴까요?"

그 부인이 일본까지 가서 미용 기술을 배워 왔다는 오엽주 원장 이었다.

"파마넨트 하러 왔어요. 우리 둘이 똑같은 모양으로 해 주세요."

하루코의 말에 원장이 온화한 미소로 답했다.

"여학교 학생이죠? 파마넨트는 이다음에 졸업하면 하도록 해요."

우리는 신여성들이 입는 세련된 옷을 입고 핸빡*까지 들고 있었지만, 그것으로는 여학생 티를 벗어 버릴 수 없었나 보다.

하루코의 얼굴이 샐쭉해졌다. 파마넨트를 해 주기 전까지는 절대로 그냥 갈 생각이 없다는 의지를 내보였다.

"좋아요. 특별한 걸로 해 드리죠. 대기석에 앉아서 기다려요."

원장이 제안한 특별한 것은 바로 '고데'였다. 불에 달군 쇠젓가락 같은 것을 하루코의 머리칼 사이에 넣고 뱅뱅 돌렸다가 빼냈다. 그랬더니 신기하게도 머리카락이 곱슬곱슬해졌다. 말하자면 머리칼에 인두질을 해서 굴곡을 내는 것이었다.

원장은 나를 의자에 앉히더니 하루코와 같은 길이의 단발로 잘 다듬었다. 그다음에 인두질을 시작했다. 뭔가 타는 듯한 독특한 냄새가 풍겼다.

거울 앞에 선 우리는 얼굴만 빼면 쌍둥이 같았다. 하루코가 흡족한 표정으로 핸빡을 열었다. 지폐가 두둑했다. 그동안 할아버지에게서 받은 용돈을 오늘 다 쓸 기세였다.

• **핸빡** 핸드백.

"머리를 감으면 원래 상태로 돌아와요. 부모님이 보고 놀라시기 전에 감아야 해요!"

원장의 당부는 듣는 둥 마는 둥, 하루코가 내 팔을 잡아끌었다. 우리는 빙숫집에 들어가 시원한 빙수를 한 그릇씩 시켜 먹고 나서야 집으로 돌아왔다.

탁자 위에다 애플파이와 슈크림빵을 소담스럽게 늘어놓았다. 아까 미쓰코시의 양과자점에서 산 것이었다. 하루코와 나는 탁자를 사이에 두고 마주 앉아 다기에 우려낸 녹차를 홀짝거렸다.

"나 이상한 병에 걸린 것 같아. 죽을 것처럼 슬프다가 갑자기 즐거워졌다가 어떤 때는 미치도록 화가 나는 거 있지. 대체 무슨 병일까? 이러다가 곧 죽을지도 몰라. 어머니는 만날 아프고 아버지는 바쁘시니까, 어쩌면 난 외롭게 죽어 갈 거야."

학교에서 급우들에게 괴롭힘당하고 있는 것을 하루코의 부모는 까맣게 모르는 것 같았다. 성적이 좋으니 학교생활도 문제없는 줄 아는 것이다. 인맥이 넓은 오노 상은 대충 소식통으로부터 전해 듣는 것 같았지만, 하루코에게 비싼 선물을 사 주면 무마된다고 믿는 눈치였다.

내 눈에 비친 하루코는 감정 기복이 심한 아이였다. 고민을 나눌 식구가 없어서인지 증세가 점점 심해지는 것 같기도 했다.

"여학교를 졸업하면 뭘 해야 할지 모르겠어. 아버지는 나더러 간호 장교가 되래. 황군이 싸우는 전쟁터에 간호부가 많이 필요하다고. 전쟁터에서 공을 세우면 천황이 기뻐할 거라나."

"하긴, 다들 천황을 위해 공을 세우고 싶어 하잖아."

"아버지의 뜻을 거역하고 싶진 않지만 그래도 간호 장교는 되기 싫어. 피를 보느니 차라리 죽어 버리는 게 나아."

야금야금 베어 먹던 애플파이가 내 입에서 뚝 떨어졌다. 하루코가 놀리듯 물었다.

"왜 그렇게 놀라?"

"죽는 건 그 무엇보다 낫지 않아."

"아니, 견딜 수 없는 일 앞에서 버티느니 죽음을 선택할 거야."

지난번에는 고아가 되고 싶다더니, 이제 죽는다는 말까지 서슴지 않았다.

신체발부 수지부모 불감훼상 효지시야(身體髮膚 受之父母 不敢毁傷 孝之始也). 부모에게서 받은 것은 터럭 하나라도 함부로 하지 않는 것이 효의 시작이니라.

하루코에게 가르쳐 주고 싶은 말이었다. 나는 소중한 머리칼을 잘리고 청춘을 삼 년이나 저당 잡혔지만, 죽음을 택할 생각은 없다.

"수인 짱은 꿈이 뭐야?"

"내 꿈은……."

말하려다 입을 다물었다.

"왜 얘기하려다 말아? 뭔데, 뭔데?"

하루코가 어린아이처럼 졸랐다. 입으로 말하는 순간 내 꿈이 달아나 버릴 것만 같아 망설였다. 하지만 끝내 털어놓을 수밖에 없었다.

"그걸 왜 이제야 말해? 우리 같이 노래 부르자."

하루코가 벌떡 일어나더니 축음기 태엽을 기운차게 감았다. 선반에 있던 일본 가요 레코드판을 축음기에 올렸다.

중국의 밤, 중국의 밤이여
버드나무 창가에 랜턴이 흔들리고
빨간 새장을 안은 중국 아가씨
응─ 안타까운 사랑의 노래
중국의 밤, 꿈속의 밤

간드러진 목소리에 서정적인 가사가 실려 몽실몽실 떠다녔다. 조선인에게는 '이향란'으로 알려진 야마구치 요시코의 노래였다.

나는 금세 노래에 젖어 들었다. 기분이 착 가라앉았다. 만주에 있는 큰아버지와 고모도 가끔은 유행 가요를 들으며 밤을 보낼까? 두 분의 얼굴이 기억날 듯 말 듯 가물거렸다. 감옥소에 있는 아버지에게도 노래 한 자락 들려 드릴 수 있다면…….

"난 이 노래가 참 좋더라."

하루코는 몇 번이고 따라 불렀다. 이번 생이 하룻밤 꿈이었으면 좋겠다고 말했다.

"시나노요루(중국의 밤) 유메노요루(꿈속의 밤). 유메노요루 유메노요루……"

마지막 후렴구가 자꾸만 입가에 맴돌았다. 내게는 오늘이 꿈같은 하루였다.

난생처음으로 고히를 마셨고, 머리칼에 인두질을 한 채 경성 한복판을 활보했다. 경성 사람들 누구도 나를 식모로 보지 않았을 것이다. 백화점 옥상 정원 아래로 조선은행과 부립 도서관, 경성 우편국이 내려다보일 때는 황홀하기까지 했다. 마치 구름을 타고 인간 세상을 굽어보는 것 같았다. 하지만 이 밤이 지나고 내일이 밝으면 또다시 일꾼복을 입고 물이나 길으며 빨래를 하면서……

"수인 짱, 왜 그렇게 슬픈 얼굴이야? 나한테서 병이 옮았나 봐. 신나는 걸 듣자."

하루코가 레코드판을 바꿨다.

"지구 위에 아침이 온다. 그 뒷면은 밤일 거야! 꺅꺅꺅!"

하루코가 괴성을 지르며 집 안을 뛰어다녔다. 소파를 발로 밟고 탁자를 두 손으로 마구 두드렸다. 벽과 천장이 들썩였다. 나도 조금씩 흥이 올랐지만, 식모라는 신분을 잊어서는 안 되었다.

문득 하루코에게 조선의 노래를 들려주고 싶어졌다.

"잠깐만 기다려 봐."

내 방에서 김해송의 레코드판을 들고 와 하루코에게 내밀었다.

"내 보물 2호야."

"흐음, 전에 경을 칠 뻔한 그 레코드판이네. 한번 들어 볼까?"

하루코가 축음기 앞에서 발뒤꿈치를 들어 한 바퀴 빙그르르 돌더니 레코드판을 얹었다.

춤이나 추잔다 사랑의 탭댄스
이 밤이 다 새도록 춤이나 추잔다
아— 귀여운 아파슈
아— 따르디리 따르디리 따랏다
샴팡을 마시며 춤이나 추잔다!

하루코가 음악에 맞춰 고개를 까딱거리면서 손가락을 딱딱 튕겼다. 「청춘 계급」이 마음에 드는 모양이었다.

레코드판을 두 번째 돌릴 때였다.

"수인 짱도 불러 봐."

"……?"

"가수가 꿈이라면서. 수인 짱의 노래를 들어 보고 싶어."

하루코가 조르기 시작했다.

요사이 움츠러들었던 목소리가 나올까?

머뭇거리다 나지막이 따라 부르기 시작했다.

"노래를 부르자 사랑의 소나타. 이 밤이 다 새도록 노래를 부르자. 아, 어여쁜 아폴로……."

세 번째로 레코드판을 돌릴 때에야 내 속의 흥을 억누르던 장막이 한 꺼풀 벗겨졌다.

"춤이나 추잔다 사랑의 탭댄스. 이 밤이 다 새도록 춤이나 추잔다. 아, 귀여운 아파슈!"

어느덧 나는 김해송이 된 기분이었다. 오시이레가 아니라 다른 사람이 있는 곳에서 이렇게 노래할 수 있다니! 멈출 수 없는 노래가 심장 박동을 타고 분수처럼 터져 나왔다.

"따르디리 따르디리 따랏다띠르리르 두비루비따르두비 따랏다! 산토리 마시며 춤추고 노래해!"

문득 정신을 차리고 보니 하루코가 경악에 가까운 얼굴을 하고 있었다.

아차! 여기는 하루코네 집이고 나는 일개 식모라는 걸 잊어서는 안 되었는데.

죄지은 사람처럼 가만히 서 있었다. 한동안 정적이 이어졌다.

하루코가 두 손을 천천히 들어 올리더니 박수를 치기 시작했다.

"스고이, 수인 상! 스고이!"

박수가 점점 더 빨라졌다. 수백 명이 쳐야 할 박수를 혼자서 다 치겠다는 듯.

그제야 긴장이 확 풀렸다. 얼떨떨했다. 내 노래가 그리도 마음에 들었나?

잠깐. 하루코가 나를 '수인 상'이라고 불렀다. 상대를 존중할 때

붙이는 호칭으로.

"수인 상의 목소리는 샘물처럼 맑고 이 노래는 미치도록 신이 나. 조선말은 잘 모르지만 이 노래가 마음에 들어. 한 번 더 불러 주겠어?"

존경의 빛을 담은 하루코의 시선에 나는 어쩔 줄을 몰랐다. 당혹스러움을 감추고 앙코르를 했다. 나는 같은 노래를 열 번도 넘게 불렀다. 원곡과 다르게 즉흥적으로 부르는 부분이 더 길고 격렬해졌다.

목구멍이 따끔거렸다. 관중이라고는 하루코 단 한 명뿐이었지만, 묘하게 기분이 벅차올랐다.

"공연을 성황리에 마쳤으니 축배를 들어야지."

하루코가 선반에서 샴팡 한 병을 꺼내 왔다.

"샴팡을 따기 전에 마구 흔들면 병마개가 폭죽처럼 날아가고 술이 콸콸 흘러넘친다. 하지만 수인 상을 위해서 얌전히 따겠어. 지금 청소는 곤란하니까."

길쭉한 잔에 샴팡이 채워졌다. 우리는 챙 소리가 나게 잔을 부딪쳤다.

달콤한 물방울이 혀 위에서 톡톡 흩어졌다. 내 생애 처음 맛보는 샴팡이었다.

"우리의 청춘은 어디로 가는가. 길 잃은 청춘이여, 그대에게 죄를 묻노라……"

혀 꼬부라진 소리로 잠꼬대 같은 말을 하던 하루코는 소파에 기대어 잠이 들었다. 꼭 예전의 나를 보는 것 같았다. 나도 저렇게 거침없는 말괄량이 여학생일 때가 있었지.

　나른한 따뜻함이 목구멍까지 차올랐다. 하루코의 어깨에 기대어 나도 스르르 눈을 감았다.

15
햇귀의 시간

"어서 와요, 해키 꿍."

경복궁역 출구로 나오자마자 손 흔드는 유메가 보였다. 앞치마를 입지 않은 모습이 전보다 더 귀여운 여학생처럼 보였다.

"아이참, 반말로 하라니까. '어서 와, 해키 꿍.' 이렇게 말해 봐."

"어서 와, 해키 꿍."

나는 유메의 모든 문장에서 '요'만 빼면 정겨운 반말이 된다고 가르쳐 주었다.

"고마워요. 하르모니의 옛날 집을 같이 찾아 주셔서……."

유메와 함께 경복궁 서쪽 담장 길을 걸었다. 유메의 수첩에는 손수 그린 약도와 메모가 잔뜩 있었다. 여자애와 단둘이 어깨를 나란히 하고 걷다니, 가슴이 콩콩거렸다. 그 소리를 들킬까 봐 얼른 심호흡을 하고 주변을 휘휘 둘러보았다.

불현듯 눈앞이 아찔했다. 전기가 좍 흐르는 기분이었다. 시간 여행 때 봤던 경성 풍경이 현재의 풍경 위로 겹쳐 보이는 거다. 내가 전차에 치일 뻔한 길은 아스팔트 도로가 되어서 그 위로 자동차들이 쌩쌩 달려 지나갔다. 도로변의 오래된 건물들이 눈에 띄었다.

저 건물들이 그때도 이 자리에 있었다면, 내가 여기 왔던 걸 기억할까?

뚱딴지같은 생각이었다. 건물을 생명체 취급하다니. 그런데도 자꾸 그쪽으로 생각이 뻗어 나갔다. 생물이든 무생물이든 오래된 것들은 그 긴 시간만큼의 기억을 지니고 있으리라는 생각. 어쩌면 붉은 벽돌 이층집도 그 자리에서 사람들이 울고 웃고 떠나고 돌아오는 모든 일을 지켜봤을 거다. 그래서 2층의 벽장이 심장처럼 고동치고 있는 걸 수도 있다. 어떤 기억을 향해.

"게이슈몬."

유메가 중얼거리는 소리에 잡념에서 벗어났다.

"뭐라고?"

"경복궁 서쪽에 있는 저 문의 이름이 게이슈몬, 아노 한국말로는……."

유메가 내 휴대폰을 빌려 사전 앱을 들여다봤다.

"영추문. 옛날에 이 길로 전차가 다니는 바람에 담장이 무너졌다고 해. 그리고 담장 안쪽에는 부끄럽게도 파란 지붕 건물이 있었어. 일본이 조선을 다스리기 위해 지은 조선 총독부. 하르모니의 기념엽서에서 봤지."

아! 지난번에 본 파란 돔 지붕이 조선 총독부 건물이었구나. 내가 일본인보다도 역사를 모르다니, 속이 뜨끔했다.

유메가 수첩에 그려 온 약도를 한참 들여다봤다.

"이 작은 골목이 맞는 것 같아. 여기."

유메의 말이 성공적으로 짧아지고 있었다. 그만큼 우리 둘 사이도 가까워지는 것 같다. 우리는 동갑내기 친구니까. 나의 한국말은 더욱 유창해졌다. 한국 사람이 한국말을 잘하는 건 당연한 일이겠지만, 나한테는 전혀 당연하지 않았다. 언제나 소심하게 웅얼거려서 상대방의 인내심을 시험하는 쪽이었기 때문이다.

자신감이라는 건 어디에서 오는 걸까?

"뻔뻔함!"

나도 모르게 소리 내어 말했다. 그 바람에 유메가 당황했는지 동그란 눈을 더 이상 동그래질 수 없을 때까지 치떴다.

"아니, 아니. 내가 좀 뻔뻔해지고 싶다고. 그나저나 유메, 눈을 그렇게 뜨니까 졸귀다, 졸귀."

"졸귀가 뭐요?"

"졸.라.귀.엽.다."

알아들었는지 유메가 볼우물과 덧니를 보이며 활짝 웃었다. 내 앞에서 이렇게 웃어 준 사람은 아빠 빼고는 없었다. 정말이지 오래오래 보고 싶은 졸귀 미소였다.

우리가 발걸음을 멈춘 곳은 어른 한 사람이 겨우 지나다닐 만한 좁은 골목 앞이었다. 골목 양쪽으로 똑같은 모양의 낡은 단층집들이 보였다.

"유메의 할머니가 여기에 살았어?"

"사아(글쎄). 이곳이 조선 총독부 관리들이 살던 동네라는 기사를 보았지. 하르모니의 아버지는 총독부 관리였으니까 아마도 여기에 살지 않았나 추측했어. 하지만 하르모니가 살았던 집은 이층집이라던데."

이 골목에는 단층집뿐이었다. 아직 확실한 건 없었다. 이곳에 사는 사람과 운 좋게 마주친다면 이것저것 물어볼 심산이었다.

오래된 집들이 깨어날 시간을 잊은 채 잠든 듯한 골목에서 한 시간쯤 기다려 봤지만 거리로 나오는 사람은 없었다. 집으로 들어가는 사람도 없었다. 1940년대 사람을 만나기란 퍽 어려워 보였다.

"뭐 또 들은 거 없어? 유메의 할머니가 남긴 말 같은 거."

"아, 하르모니가 온니에게 가이추도케를 줬다고 했어. 가이추도케와 아노……."

유메가 다시 사전 앱을 찾아보더니 말했다.

"회중시계. 하르모니의 회중시계를 조선인 온니에게 주었다고 했어."

"어떻게 생긴 회중시계야? 어느 회사에서 나온 거래?"

"아노, 회중시계가 어떻게 생겼는지는 말해 주지 않았어."

제자리에 돌려 놓지 못하고 내 방 책상 서랍에 숨겨 둔 회중시계가 떠올랐다.

가만, 수인 할머니 사는 데가 아주 오래된 이층집이잖아. 그 집도 조사해 봐야겠다.

유메가 풀려고 하는 수수께끼가 갑자기 나의 수수께끼로 돌변했다. 지금까지 단서는 두 개. 유메의 할머니가 '언니'에게 주었다는 회중시계, 그리고 조선 총독부 관리가 살던 이층집. 내가 발견한 은빛 회중시계는 수인 할머니의 벽장 이불 더미에서 나왔다. 그런데 과거로 갔을 때 예쁘지만 고집불통인 여자애가 회중시계의 주인이 따로 있다며 빼앗아 가려고 했었다. 시계 주인이 누구라고 했더라…….

"유메 할머니의 성함이 어떻게 돼? 혹시 하루코, 뭐 그런 이름은 아니겠지?"

"아라(어머나)! 어떻게 알았어?"

유메가 다시 한 번 졸귀 눈을 떴다. 내 심장이 조심스레 쿵쾅거리기 시작했다. 과거와 현재를 잇는 수수께끼의 단서가 내 앞에 놓여 있다. 더 물어볼 것도 없었다. 당장 유메의 손을 붙들고 붉은 벽돌 이층집으로 뛰어갔다.

"해키 꿍, 숨차. 걸어가자."

"안 돼. 그 언니가 누군지 알 것 같단 말이야."

바보처럼 여태 알아차리지 못하다니. 현수인 할머니는 붉은 벽돌 이층집에서 식모살이를 했다고 했다. 한 살 어린 하루코를 학교에 데려다주고 집에 데려오고, 둘이서 백화점도 가고 레코드판을 틀어 놓고 함께 춤도 추었다고 했다. 그리고 이 집을 환갑 무렵에 샀다고 했다. 하루코를 만날 수 있을까 하는 기대감으로.

그렇다면 지난번 경성으로 시간 여행을 갔을 때 마주친 그 고집불통 여자애가 바로…… 수인 할머니!

대문에서 나오는 도우미 아주머니와 마주쳤다. 아주머니는 숨이 차서 헉헉거리는 나와 유메를 번갈아 봤다.

"학생, 또 뭐 놓고 갔어?"

"아니요, 그게 아니고요."

나는 침을 꼴깍 삼키고 숨을 가다듬은 뒤 할머니를 만나러 왔다고 말했다. 아주머니가 손에 든 종이 가방을 들어 보였다. 수건과 칫솔이며 옷가지가 들어 있었다.

"어쩌나, 할머니 지금 집에 안 계시는데. 어젯밤에 혈압이 뚝 떨어져서 급히 입원하셨어. 나도 이제야 세면도구를 챙기러 온 참이야."

"네? 많이 아프세요?"

"아무래도 연세가 있으니까. 학생, 모레 또 오기로 했지? 검사해 보고 이상 없으면 그때까지는 퇴원하실 거야."

아주머니가 대문을 잠그고 언덕 아래로 내려갔다.

유메와 나는 대문 앞에 쪼그려 앉았다.

"해키 꿍, 고마워. 나를 위해 이렇게 신경 써 주다니."

"아니야, 나도 궁금해서. 유메의 할머니가 언니라는 분한테 왜 미안하다는 말을 남겼는지."

얼마나 큰 잘못을 했기에 죽기 직전에 그런 비밀스러운 유언을 남긴 걸까? 수인 할머니가 하루코의 손녀에게서 그 유언을 전해 들으면 어떤 반응을 보일까? 할머니는 자물쇠이고 유메가 가져온 유언은 열쇠로 작용해서 뜻밖의 어떤 상황이 열릴 것만 같다.

당장 할머니를 만날 수 없으니 답답했다. 지금 유메에게 모든 걸 말해 버릴까?

"있잖아, 내가 좀 말도 안 되는 상상을 해 봤는데, 만약 오래된 시계가 타임머신이고 그 시계가 있던 벽장이 시간 여행의 통로라면…… 믿겠어?"

유메는 믿지 못할 것도 없지 않으냐는 얼굴이었다.

구구절절 설명하느니 직접 보여 주자. 할머니가 퇴원하는 날, 셋이 함께 만나는 거다. 모든 걸 눈앞에서 확인하면 된다.

"모레 이 대문 앞에서 만나자. 할머니 이야기 듣고 청소까지 하고 나면 오후 4시쯤 될 거야. 그때 내가 알고 있는 모든 걸 얘기해 줄게."

"알겠어, 해키 꿍."

"뭔가 보여 줄 수도 있고."

이렇게 덧붙이고 나니 무슨 해결사나 된 양 뻐기고 싶어졌다.

유메와 헤어지기 전에 팥빙수 가게에 들어갔다. 8월 한낮의 태양열에 땀은 흘릴 만큼 흘렸으니까.

하얀 얼음 가루 위에 올라앉은 팥과 아이스크림, 시리얼이 아름다워 보였다. 우리는 팥빙수를 비비지 않고 꼭대기부터 사이좋게 퍼 먹기 시작했다.

"유메 짱은 좋아하는 사람이 생기면 어떻게 할 거야? 바로 고백할 거야?"

"하이."

"정말? 좀 창피하지 않아?"

유메는 입에 넣은 팥빙수를 오물거리더니 숟가락 끝으로 그릇 가장자리를 톡톡 쳤다.

"지금이 아니면 영원히. 중요한 일을 내일로 미뤄서는 안 돼. 내일이 오지 않을 수도 있으니까."

"한숨 자고 일어나면 언제나 내일이 와 있던데."

그러자 유메가 웃음을 터뜨렸다. 볼우물이 귀엽게 팼다. 손으로 콕 찔러 보고 싶은 충동을 느꼈다. 팥빙수가 영원히 녹지 않으면 좋겠다고 생각했다.

우리는 경복궁 서쪽 담장을 따라 지하철역으로 향했다. 유메의 볼우물을 힐끗거렸다. 서너 발짝 앞에서 손잡고 걸어가는 커플을 보니까 왠지 우리도 데이트하는 기분이 들었다.

손은 언제쯤 잡는 걸까? 미리 말하고 잡아야 하나, 아니면 그냥 남자답게 덥석?

긴장하고 걷다가 문득 내 손이 유메의 손끝을 스쳤다. 얼굴이 확 달아올랐다. 유메와 눈이 딱 마주쳤다. 유메도 당황하는 표정을 짓더니, 손에 쥔 작은 수첩으로 얼른 눈길을 돌렸다.

'여자들은 사소한 배려에도 쉽게 감동한다.'

아빠의 말이 떠올라서 유메를 길 안쪽에 두고 걸었다. 호위 무사라도 된 것처럼 뿌듯했다.

맞다, 내 인디언식 이름이 '푸른 늑대의 파수꾼'이었지! 오햇귀라는 이름 따위 버리고 푸른 늑대의 파수꾼이 될까 보다.

어쩌면 내가 지켜야 할 사람은 유메일지도 모른다. 유메는 내 말에 귀 기울여 주고, 아무리 이상한 소리를 해도 비웃지 않으니까. 그리고 어쩌면…… 나의 첫 여자 친구가 될지도 모르니. 유메가 늑대에게 잡아먹히지 않도록 잘 지켜 줄 거다.

그렇지만 유메가 키 작은 파수꾼을 좋아할지 걱정이 밀려왔다.

"유메는 키 작은 남자 어떻게 생각해?"

"키가 중요하므니까?"

"……"

"유메는 마음이 큰 사람을 좋아해요."

역시 어른스러운 유메. 모레까지 마음의 준비를 단단히 해야겠다. 야무지고 똑똑한 유메에게 창피를 당할 수는 없으니까. 누구도 생각해 내기 힘든 멋진 말로 고백해야지.

집에 돌아오니 손님이 와 있었다. 손님이라기보다는 늑대들에 가까웠지만.

태후의 눈웃음이 심상치 않았다. 변함없이 달콤하면서 동시에 비밀스러운 눈웃음이었다. 스릴을 즐기고 있는 것 같기도 했다. 태후는 웬일로 라면도 안 먹고 일찌감치 가방을 챙겼다.

"선물 하나 숨겨 놨다. 찾든가 말든가."

현관문을 나서려던 태후가 말했다.

"찾든가 말든가."

우민이가 맞장구를 쳤다. 둘은 키득거리며 현관문 밖으로 사라졌다.

무슨 선물인지 모르지만 굳이 지금 찾을 필요는 없겠지. 하지만 오늘의 분량을 채우지 않고 간 녀석들이 왠지 불안하다.

컴퓨터가 켜져 있었다. 종료하려고 보니 작업 표시줄에 인터넷 창 하나가 닫히지 않은 채로 내려가 있었다. 화면에 창을 띄웠다.

요즘 독거 할머니 집에
봉사 활동 다님.
여기 인증 샷.
근데 이 할머니 옛날에

일본군 위안부였다고 함! ㄷㄷㄷ

일본이 강제로 끌고 간 거 맞나?

일본이 사과 안 하고 계속 부정하는 데는 무슨 이유가 있지 않겠음?

님들 어떻게 생각함?

'오늘의 베스트'에 오른 글이었다. 엄청난 조회 수와 댓글 수를 기록하고 있었다. 사진도 보였다. 붉은 벽돌로 지어진 이층집과 주삿바늘이 꽂힌 할머니의 팔뚝.

낯익은 광경이었다. 수인 할머니가 살고 있는 붉은 벽돌 이층집. 그리고 상처받은 애벌레처럼 웅크린 수인 할머니의 옆모습. 누가 이런 걸 올렸지?

글쓴이가 누구인지 확인하는 순간 심장이 쿵 내려앉았다.

그건 바로 나였다. '오햇귀짱맨'은 내 아이디니까. 하지만 나는 사진을 찍은 적도 없고, 이런 글을 올린 적도 없다.

댓글을 읽는 내내 마우스를 쥔 손이 덜덜 떨렸다. '역사 교육이 엉망진창'이라느니 '개념 없는 중딩'이라느니 하는 댓글들 사이로 내가 어느 중학교 몇 학년 몇 반이라는 댓글까지 보였다. 이미 신상이 탈탈 털린 거다. 세상 모든 사람들이 나에게 돌을 던지는 기분이었다.

빨리 이 글부터 지우자!

로그인을 하려는데, 비밀번호가 도저히 생각나지 않았다. 이 사이트에 로그인을 안 한 지가 몇 달은 됐다. 글을 내려 달라고 전화를 걸고 싶었지만 전화번호는 어디에서도 찾을 수가 없었다.

대체 누가 내 아이디를 도용한 거지? 왜 하필 내 아이디를!

그런데 댓글 하나가 불쑥 눈에 들어왔다.

이런 건방진 것들은 하루 세 번 맞아야 돼.

이 댓글을 단 사람의 아이디도 '오햇귀짱맨'이었다. 내가 쓰지도 않은 글에 또 내가 댓글을 달았다고?

하루 세 번 맞아야 된다는 말. 누구 짓인지 짐작이 갔다.

태후는 전화를 받지 않았다. 우민이도 마찬가지였다.

아까 말한 선물이란 게 이거였구나. 전 국민이 보는 인터넷 게시판에 이런 글을 올릴 바에는 차라리 치약 샌드위치를 주지. 이건 너무 억울하잖아.

'늑대는 어디에나 있스므니다. 도망쳐도 또 만나게 되지요. 한번 도망치면 영원히 도망치게 되므니다.'

유메의 말이 떠올랐다. 이런 식이라면 태후는 나를 영원히 쫓아다니며 괴롭힐지도 모른다.

누가 진짜 무개념 중딩인지 제대로 알아봐야겠다. 난 호기심은 끝까지 파헤치는 오햇귀니까.

16
- 수인의 시간 -

"수인 상, 내일 낮에 경성역에 가지 않을래? 할아버지가 북지나*
에 가시는데 배웅하려고."

"글쎄……."

"걱정 마. 어머니, 아버지께는 내가 허락 맡아 놓을게."

하루코가 오노 상을 배웅한다고 아침부터 들떠 있었다.

오노 상이 '황군 위문사'로 뽑혔다. 전장에 가서 일본군이 더 잘
싸울 수 있도록 격려하는 것이 그의 임무였다. 다녀와서는 부민관
과 용산 소학교에서 경성 부민들을 상대로 강연회도 연다고 했다.

● 북지나 북중국.

전쟁이란 앞에서 총알받이가 되는 사람이 있는가 하면 뒤에서 채찍질하는 사람도 있는 모양이었다.

경성역 앞 광장에 서 있는데 눈물이 핑 돌았다. 평양행 열차를 당장이라도 타고 싶었지만, 정말이지 내 힘으로 할 수 있는 일이 하나도 없었다.

오노 상을 태운 기차가 경성역을 출발하자 내 발끝도 따라 들썩였다.

나도 저 기차만 타면…… 저 기차만 타면…….

"빨리빨리!"

하루코가 내 손을 잡아끌었다. 내 눈가가 촉촉해진 것도 눈치채지 못할 만큼 하루코는 자신만의 꿍꿍이에 몰두해 있었다.

"영어 선생님이 장티푸스에 걸렸대. 어쩌면 좋아. 빨리 가 보자."

실은 짝사랑하는 영어 선생님 문병을 가려고 오노 상 핑계를 댄 것이었다.

너른 마당을 지나 네모반듯한 3층짜리 건물 현관에 도달했다. 건물 안으로 들어서자 독한 약 냄새가 코를 찔렀다. 이곳은 전염병 환자들을 수용하는 순화 병원이었다. 노리코 상이 알면 절대 허락하지 않을 문병이었다.

전에 공동 수돗가에서 들은 바에 따르면 이 병원은 '지옥으로 가는 관문'이었다. 일단 입원하면 살아 나오기가 힘들어서 그렇다는 것이다.

지옥으로 가는 관문에는 새하얀 제복을 입은 간호사가 앉아 있었다. 도도하고 차가운 인상의 간호사가 우리에게 용건을 물었다. 하루코의 답변을 듣고는 환자 이름을 찾아 서류를 뒤적였다.

"그분은 지금 격리 병동에 있습니다. 전염병 환자이기 때문에 면회는 불가능합니다."

"먼발치에서 얼굴이라도 볼 수 없을까요?"

하루코가 사정해 봤지만 불가능하다는 답변만 돌아왔다. 이중, 삼중으로 문이 닫혀 있어서 의료진이 아니고는 아무나 들어갈 수 없다고 했다.

복도 끝에 지하로 내려가는 계단이 보였다. 어두침침한 지하 병실에 죽어 가는 사람들이 갇혀 있다고 상상하니 등골이 오싹해졌다. 더 있다가는 나도 세균에 감염될 것 같아 이가 딱딱 부딪치려는 참에야 하루코가 마음을 접었다. 우리는 터덜터덜 집으로 돌아왔다. 병원에서 집까지는 엎어지면 코 닿을 만큼 가까운 거리였다.

"나, 선생님께 꼭 고백하고 싶었단 말이야."

"죽을 때까지 짝사랑으로 간직하겠다더니 왜 마음이 바뀐 거야?"

"사랑은 말하지 않으면 의미가 없는 것 같아. 상대가 모르면 그건 진짜 사랑이 아닌 거야."

하루코는 어느새 고백 예찬론자가 되었다. 절절한 사랑의 마음을 고백할 대상이 하필 전염병 전문 병원에 있다니, 하루코로서는 그런 비극이 또 없었다.

영어 선생님은 그날로부터 일주일 후에 세상을 떠났다. 장례식은 학교 근처 교회에서 열렸는데, 장례식에 다녀온 하루코가 얼마나 울었는지 모른다.

"하루코, 영어 선생님을 무척 존경했나 보구나. 죽고 사는 일을 인간의 힘으로 어쩌겠니?"

노리코 상의 말은 하루코에게 아무런 위로도 되어 주지 못했다. 고수락머리에 안경을 쓰고 영어 발음이 좋았다던 남자 선생님. 나로서는 얼굴 한 번 보지 못한 게 아쉬웠지만, 그 정도는 하루코의 아픔에 비할 바가 아니었다.

밤새 우는 하루코 곁을 지켰다. 훌쩍이던 하루코가 와락 안겼다.

"수인 상, 나도 선생님을 따라 죽을까 봐. 한강에 빠질까? 아니면 전차에 뛰어들까?"

"그런 소리 하면 못써."

"슬퍼서 죽을 것 같아, 오네상(언니)……."

나는 말없이 하루코의 등을 토닥여 주었다. 하루코는 내 어깨에 기대어 새벽녘에야 겨우 잠이 들었다.

경성은 화려한 빛의 도시였다. 밤이 되면 멀리 본정*이나 명치

---

* **본정** 오늘날 서울 중구 충무로 일대.

정, 그리고 종로 화신 백화점 쪽에서 상점의 네온사인과 거리의 가로등이 찬란하게 빛을 발하곤 했다. 내가 경성의 밤에 조금씩 적응해 갈 즈음, 일본이 미국의 진주만을 공격했다. 태평양전쟁을 일으킨 것이다.

포화의 기운이 경성까지 밀려들어 왔다. 밤이 되면 등화관제 사이렌이 울려 퍼졌다. 모든 불빛이 한꺼번에 꺼지는 순간이었다. 경성의 불빛이 사라질 즈음 나의 시간에도 하루코의 시간에도 그림자가 드리워졌다.

하루코가 다니는 여학교에서는 수업보다 근로 동원 시간이 더 많아졌다. 군복 수선은 물론이고 간호부 면허를 따기 위해 병원 실습까지 가야 했다. 사람들이 폭격으로 부상당할 경우를 대비한 것이었다.

"오늘은 주먹밥을 어떻게 뭉치는지 배웠어."

"오늘은 환자에게 응급 처치하는 법을 배웠어."

피를 무서워하는 하루코에게 과연 간호 장교라는 미래가 어울릴지 의문스러웠다.

붉은 벽돌 이층집이 차츰 북적이기 시작했다. 후지모토 상은 더 많은 사람과 교류하는 것 같았다. 나는 8인용 식탁 가득 음식을 올린다, 차를 준비한다 하며 분주해졌다.

응접실 탁자에서 티타임이 이어지던 때였다.

"몰아쳐라 폭풍이여, 우리는 두렵지 않다! 춤춰라 파도여, 우리는 흔들리지 않는다!"

후지모토 상이 읽던 신문을 내려놓고 맞은편에 앉은 신사를 바라보았다.

"도요카와 선생의 글은 언제 봐도 맥이 꿈틀댑니다. 선생이 생전에 지적하신 대로 지금은 일본 제국이 아시아의 황제로 발돋움하느냐 마느냐, 그러한 기로에 놓인 비상시국이지요."

"그런데도 여러 세력으로 분열되어 도무지 중요한 게 뭔지 모르는 사람이 많습니다. 시급한 일은 수도를 경성으로 옮겨야 한다는 것입니다. 지도를 한번 보십시오. 도쿄는 대륙에서 너무 동쪽으로 치우쳐 있지 않습니까? 하지만 경성은 일본과 대륙을 잇는 가교로서 훌륭한 위치를 점하고 있지요."

도요카와의 제자라는 신사가 열변을 토하는 동안 후지모토 상은 사발에 가루차를 넣고 따뜻한 물을 부은 다음 대나무 솔로 온 힘을 다해 휘저었다. 미세한 녹색 거품이 사발을 가득 채우자 신사에게 건네며 말을 받았다.

"도요카와 선생의 경성 천도론을 말씀하시는 거군요."

"위치 문제만이 아니라서요. 도쿄 대학 지진 연구소의 조사에 의하면 도쿄 동쪽의 토지가 매년 2밀리미터에서 15센티미터씩 하강하고 있다고 합니다. 이런 추세라면 도쿄역 근처에 있는 8층짜리 마루노우치 빌딩이 수백 년 안에 바닷속으로 잠기게 되는 셈이죠. 이처럼 불안한 땅에 제국의 수도를 둔다는 것은 여러모로 위험하지 않겠습니까? 어떻게 생각하십니까?"

신사는 차분하면서도 어딘지 광적인 데가 있어 보였다. 후지모토 상은 바로 그 분위기에 도취된 것 같았다.

응접실 바깥 복도에 쪼그려 앉아 그들의 대화를 들었다. 수백 년 후를 걱정하며 자신들이 살 땅을 확보해 두겠다는 의지가 너무 치밀하게 느껴져서 두려움마저 일었다.

1942년.

노래와 흥이 내게서 점점 멀어져 갔다. 오시이레에 들어갈 짬이 거의 나지 않았다. 꿈은 그렇게 조각조각 흩어지는 것 같았다.

꽃 피는 봄이 찾아왔지만 어쩐지 경성은 예전 같지 않았다. 라디오에서는 전쟁 소식뿐이었다. 늘 '일본이 이기고 있다.'라고 했다.

후지모토 상은 하루코에게 어서 빨리 간호부 면허를 따 성전(聖戰)에 도움이 되라고 재촉했다. 하루코는 실습 점수를 엉망으로 받았기 때문에 웬만하면 후지모토 상과 마주치지 않으려고 요리조리 피해 다녔다. 밤이면 내 방으로 들어와 이불을 파고들었다.

"뭘 읽고 있는 거야?"

하루코가 내 손에 든 신문지 뭉치를 들여다보았다.

"『여학생 일기』라고 들어 봤어? 쥬데이라는 고아 여자애가 키 큰 양반의 도움으로 대학 공부를 하는 내용인데."

"아, 웹스터의 소설 말이지? 일본어로 번역된 걸 나도 읽어 봤지."

그즈음 나는 잠들기 전에 창문을 열고 달빛에 비춰『여학생 일기』를 읽곤 했다. 한씨 아저씨가 오려다 준 서른일곱 장의 신문지 묶음. '친애하는 키 큰 양반께'로 시작되는 편지글이 어쩐지 다정하게 느껴져 읽기 시작했다. 나 자신이 고아 같은 처지여서인지 쮸데이가 잘되는 게 꼭 내가 잘되는 것처럼 여겨졌다. 노래 부르지 못하는 설운 마음을 제법 달랠 수 있었다.

만약 나에게도 키 큰 양반이 나타난다면 순회 극단이나 레코드 회사에 들어갈 수 있게 도와주지 않을까 하는 상상도 가끔은 해 보았다. 신인 가수가 될 길을 이리저리 알아보았지만, 정작 이 집에서 빠져나갈 구실을 마련하지 못했던 것이다. 식모 계약 기간은 아직 일 년 가까이 남아 있었다.

상상의 나래를 펴기는 하루코도 마찬가지인 듯했다.

"전에 말했잖아, 차라리 고아가 되면 어떨까 하고. 그러면 쮸데이처럼 신나는 모험을 할 수 있을 것 같아. 꼭 키가 크지 않아도 되니까 영어 선생님 같은 남자가 다시 나타나 준다면! 난 키스도 잘할 자신이 있단 말이야."

하루코는 늘 연애에 대한 환상을 품고 있었다. 하루코와 이야기하다 보니 키 큰 양반의 생김새가 왠지 세상을 떠난 그 영어 선생님처럼 연상되었다. 고수락머리에 안경을 쓰고 영어 발음이 좋은 남자.

"그 남자가 날 위해 뭐든 도와줄 수 있다면 이 시계 좀 고쳐 주면 좋겠는데."

하루코가 고장 난 회중시계를 흔들어 보였다.

"아니, 어쩌다 고장 났어?"

"학교에 들고 갔다가. 오늘 밤 이 시계를 머리맡에 두고 잠들면 내일 아침 말짱하게 수리되어 있는 거야! 멋지지 않아? 물론 키 큰 양반과 산타클로스는 다르지만 말이야."

주절대던 하루코가 영어 선생님이 떠오른다며 울적한 얼굴을 했다.

"오네상, 노래 불러 줘. 지난번의 조선 노래도 좋아."

"어른들이 듣고 깨면 어쩌려고."

"그렇다면……."

방 안을 휘휘 둘러보던 하루코가 오시이레 문을 열어 보였다. 할 수 없이 나도 따라 들어갔다. 오시이레 문을 닫으니 우리를 둘러싼 어둠이 더욱 완벽해졌다. 나만의 비밀 공간에 처음으로 하루코가 들어온 순간이었다.

"내 귀에 대고 소곤소곤 노래하면 되잖아. 자, 여기에다가."

내 입술에 하루코의 귓바퀴가 닿았다. 나는 하루코의 귓속으로 내 노래를 불어넣었다. 김해송의 「청춘 계급」을 몇 번이나 불렀을 때였다.

"이렇게 언제까지고 숨어 버렸으면 좋겠다."

하루코가 무릎을 굽히고 이불 더미에 모로 기대 누웠다.

"나는 언제까지고 노래할 수 있으면 좋겠다."

나도 하루코를 마주 보았다. 하루코에게는 숨을 곳이 필요했고 나에게는 노래할 곳이 필요했다. 오시이레는 우리 둘에게 딱 맞춤한 장소였다.

하루코는 나를 아무렇지도 않게 '언니'라고 불렀다. 내 노래를 들을 때마다 보여 주는 하루코의 열망 어린 눈빛이 흥을 돋웠다. 둘이서 녹두지짐을 나눠 먹을 때면 하루코처럼 덧니박이인 동생이 있어도 좋겠다는 생각이 들었다.

회중시계를 본정의 시계점에 맡기는 날, 종로통에 가 보았다. 부립 도서관 정문 옆에 서 있자니 과연 한씨 아저씨가 나타났다.

"아이고, 수인아! 이게 얼마 만이냐!"

"아자씨, 잘 지내셨어요? 책 수레는요?"

"노점 자리에 두고 왔지. 도서관까지 수레를 끌고 올 수는 없잖으냐."

아저씨는 오전 10시 정각부터 도서관 신문실에 앉아 있다가 정오가 되기 전에 일어선다고 했다. 신인 가수 콩쿠르 광고는 보지 못했다고 했다. 크게 실망스러울 것도 없었다. 어차피 콩쿠르 소식을 접한다 해도 식모 계약이 끝나기 전에는 절대로 참가할 수 없을 테니까. 실망의 폭은 비슷한 일이 반복될수록 좁아지는 모양이었다.

아저씨가 내 어깨를 힘 있게 두드렸다.

"수인아, 고난의 한가운데에 있을수록 우리에게는 환상이 필요하단다. 그 환상을 아편으로 사면 아편쟁이가 되고, 돈으로 사면 수전노가 되겠지. 그건 몹쓸 결말이 아니더냐? 우리는 우리의 이야기로 환상을 사자꾸나. 즐거운 이야기꾼이 되는 게다. 나는 그런 씨나리오를 쓸란다. 수인이 너도 너만의 여학생 일기를 써 보거라."

가수가 되고 싶다는데 소설을 쓰라니. 아저씨의 비유는 참 따라잡기가 힘들었다.

"너, 지금 내 말이 엉뚱하다고 생각하는 게지?"

"어맛, 들켜 버렸네요."

"꿈을 이루는 길은 한쪽으로만 나 있는 게 아니란 말이다. 언젠가 내 말뜻을 알게 될 것이다."

"어쨌든 낙천적으로 살라는 말씀이시죠? 잘 알아들었다고요."

우리는 즐거운 웃음을 나누고 헤어졌다.

공동 수돗가를 지나는데 아낙들이 웬 기다란 천에 돌아가며 수를 놓고 있었다. 슬쩍 보니 '무운장구(武運長久)'라는 글씨가 적힌 어깨띠였다. 징병 가는 아들이 있는 집에서는 이렇게 천 명의 사람이 한 땀씩 수를 놓아 주는 천인침이 유행이었다. 전쟁터에서 운이 길게 이어져 무사히 돌아오라는 소망이 담긴 것이었다.

전쟁이 계속되면서 접하게 된 낯선 풍경은 또 있었다. 하루코의 등굣길에 마주치는 근처 남학교 학생들. 하나같이 솔방울이 가득

든 자루를 짊어지고 있었다. 솔방울을 모아 기름을 짜서 전쟁에 쓴
다고 했다.

전쟁의 소용돌이에서 내게 남은 것은 가끔 숨죽여 노래할 수 있
는 오시이레와 그 안에서 내 목소리를 경청하는 하루코뿐이었다.

17
햇귀의 시간

"햇귀는 이따 선생님이랑 얘기 좀 하고 가자."

선생님의 표정이 심상치 않다. 내가 시한폭탄이라도 되는 것처럼 본다. 무슨 말을 어떻게 해야 할지 모르겠다. 시한폭탄은 내가 아니라 태후인데. 전교생이 다 아는 모범 반장 송태후가 그런 글을 올렸다고, 선생님은 상상이나 할 수 있을까?

태후를 째려봤다. 아주 잠깐. 그걸 놓치지 않고 태후가 '어쭈' 하는 눈빛을 보냈다. 태후에게 싫은 소리 할 생각만으로도 가슴이 울렁거렸다. 이따 태후에게 사과를 받아 내고 무사히 유메를 만나야 할 텐데.

선생님이 녹음기 버튼을 눌렀다. 다행히 금방 퇴원했다고는 하지만 할머니의 얼굴은 지난번보다 수척해져 있었다. 할머니는 미얀마 시장에서 배운 말을 들려주었다.

"몇 살이냐는 말은 '벨라흐닛레?'라고 하지. '나는 열여섯 살이에요.'는 '쩸마 세차웃 흐닛바.'"

쩸마 세차웃 흐닛바. 미얀마말로 '나는 열여섯 살이에요.'

수인 할머니는 열여섯 살에 끌려갔다. 꼭 나와 같은 나이에 어딘지도 모르는 곳으로. 그 사실이 오늘따라 현실감 있게 다가왔다.

할머니의 증언이 계속됐다. 일본군을 따라 후퇴하던 때의 이야기였다.

"밤이 되면 정글은 야수들의 세상이 되었지. 어둠 속에서 밝게 빛나는 두 개의 눈과 마주치거나 가까이에서 나지막이 우는 울음소리를 듣는 순간이면 갈가리 뜯어 먹히는 상상이 되곤 했다구. 우리는 트럭 위에서 드럼통을 뒤집어쓰고 밤을 보냈어. 후퇴하면서 아라칸 산맥을 넘어갈 때는 장정 팔뚝만큼 굵은 뱀이 나뭇가지에 매달려 있거나 바나나를 따 먹는 원숭이들이 나무 사이로 뛰어다니는 걸 자주 보았지. 적어도 나보다는 그것들이 더 행복해 보였다구. 왜냐하면 그렇게 피난 가는 와중에도 우리는 인간 이하로 취급받아야 했으니까.

'여기서도 위안부 일을 좀 해 줘야겠는데.'

후퇴하는 길에 다른 부대라도 마주치면 반드시 이런 요청이 들어오는 거야. 우리를 인솔하던 하사관이 거절하려고 해도 요청한 부대 지휘자가 어느 틈에 사령부로 무전을 쳐서 허가를 받아 냈지. 그런 허가는 놀라울 정도로 신속하게 떨어졌어. 그러면 근처 민가가 위안소로 급조되고, 우리는 풀로 엮어 만든 칸막이 사이사이에 누워서 그들이 원하는 일을 해야 했던 거야."

할머니의 눈가에 눈물이 맺혔다. 그 눈물을 닦아 드리고 싶어졌다. 덥고 무서운 정글에서 얼마나 힘들었을까……. 하지만 망설여졌다. 선생님이나 태후가 뭐라고 할 것만 같았다.

"할머니, 맨 처음 끌려가실 때 기억나세요?"

"그날은 아침부터 운이 좋았어. 하루코의 아버지가…… 나에게 티켓을 줬어…… 회중시계……! 으아악, 골목에 트럭이……!"

할머니의 표정이 일그러지기 시작했다.

"그놈들이 쫓아와. 그놈들이 쫓아온다구. 내 치맛자락을 자꾸만 잡아당겨. 이것 봐! 이것 봐, 이놈들아!"

한바탕 소동이 벌어진 후 할머니는 겨우 잠이 들었다. 오늘 선생님의 녹음은 예상보다 짧게 끝나고 말았다.

"여름 방학 동안 마칠 수 있을까 모르겠네. 할머니 건강이 계속 안 좋아지는 것 같아 마음도 쓰이고. 언제 어떻게 끌려갔는지 몇 번이나 여쭤봤는데도 항상 그 부분에서 말을 돌리시는 것 같아. 다시 떠올리기에는 너무 괴로운 기억이라 그럴까……."

우리는 청소를 시작했다. 선생님이 아래층을 맡고 태후와 내가 2층을 맡았다.

"나 먼저 올라가 있을게. 이번엔 네가 걸레 좀 가져와라."

태후가 선수를 쳤다. 내가 먼저 가서 벽장에 시계를 감춰 놓으려고 했는데.

참, 수인 할머니에게 유메의 할머니 얘기를 물어본다는 걸 깜빡했다. 깜빡했다기보다는 기회가 없었다는 게 맞지만. 고통스러운 기억에 시달리다 울면서 잠든 할머니를 보니 마음이 안 좋았다. 그 기억을 잊게 도와 드릴 수는 없을까? 단지 기억을 없애서 편한 잠을 이룰 수 있다면.

2층 복도에 올라서면서 태후가 어느 방에 있을지부터 따져 봤다. 오른쪽 방에 있다면 다행이지만 만약 왼쪽 방에 있다면…… 그때 어쩌지?

아니나 다를까, 왼쪽 방에서 태후의 기척이 들렸다.

오른쪽 방에 있는 벽장에서는 시간 여행이 안 될까?

갑작스레 호기심이 발동해 발소리를 내지 않고 오른쪽 방으로 들어갔다. 벽장문을 소리 없이 닫고 주문을 외웠다. 물론 태엽도 감았다. 하지만…….

역시 그 벽장이어야만 했다.

유메와 타임머신에 대해 이야기를 나눈 다음 혼자서 교수나 전문가들의 글을 찾아 읽어 봤다. 어려운 설명이 대부분이었다. 거대한 에너지를 발산하는 존재가 무엇인지 감도 잡히지 않았다. 그나마 내 마음을 사로잡은 건 '회전하는 블랙홀에서는 과거로의 시간 여행이 가능하다.'라는 거였다. 앞뒤 설명은 다 빼먹고 그냥 그 문장 하나에 느낌이 확 꽂혔다고나 할까.

어쩌면 왼쪽 방의 벽장에 힌트가 있는지도 모른다. 그 속에서 타임머신을 만지고 주문을 외우는 순간 벽장이 회전하는 블랙홀로 변해서 나를 1940년대의 경성으로 데려다주는지도.

오늘은 회중시계를 제자리에 돌려 놓고 유메와 함께 할머니를 만나야 한다. 열쇠와 자물쇠 같은 두 사람의 만남으로 어떤 비밀이 열릴까 몹시 궁금하다.

잠깐 머뭇거리는 사이에 벽장문이 열렸다.

"하! 아주 이 벽장, 저 벽장 돌아가며 숨는 취미가 생겼냐?"

"뭐, 뭐 알아볼 게 있었어. 그리고 이 방이 크니까 먼저 청소하면 좋을 거 같아서."

꼴에, 하는 태후의 눈빛. 사람의 자존감을 아주 바닥으로 떨어뜨리는 저 눈빛에 나는 조종당하고 있다.

따질 건 따져야 한다. 나는 걸레로 창틀의 먼지를 닦으며 물었다.

"혹, 혹시 너……."

"버벅대지 말고 똑바로 말해, 새꺄."

태후가 발로 건성건성 걸레질을 하며 대꾸했다.

"내 아이디로 무슨 글 올렸어?"

겨우 주요 문장 하나를 완성했다. 유메 앞에서처럼 당당하게 말해야 하는데. 대체 나는 왜 이 모양인 걸까.

"올렸다면 어쩔 건데?"

역시…… 역시 태후의 짓이었다. 이제 뭐라고 하지?

나를 향해 웃어 주던 유메의 볼우물과 덧니를 떠올렸다. 용기를 내기 위해 뻔뻔해지기로 했었지. 좀 더 뻔뻔해지는 거다.

"그걸 왜 내 아이디로 써? 네 아이디로 하면 되잖아."

"병신 새끼. 네까짓 게 뭔데 건방지게 따져?"

"내 아이디를 왜 허락도 없이 쓰는데?"

대답 대신 니킥이 날아들었다. 타격이 컸다. 배를 움켜쥐고 주저앉았다. 내 용기는 처참히 바스러져 갔다.

"소리 내면 죽어."

"으윽……."

무릎을 꿇은 채 올려다볼 때마다 낯선 저 얼굴. 언제부터일까, 태후가 나를 때리기 시작한 게.

학기 초에는 태후도 친절했다. 나뿐 아니라 반 아이들 모두에게 친절했다. 첫 수학 시간에 선생님께 혼나고 의기소침해 있을 때 먼저 장난을 걸어 준 게 태후였다. 그 덕에 나는 웃음을 터뜨리고 민망한 기분을 털어 낼 수 있었다. 고마워서 집으로 초대했는데, 어쩌면 그게 화근이었는지도 모른다.

우리 집에 처음 온 태후는 라면을 미친 듯이 빨아들였다. 자기 엄마는 웰빙을 너무 따져서 라면 같은 건 아예 사다 두지도 않는다고 했다.

"야, 너 애니 진짜 많다. 언제 다운받아 놨냐?"

보물섬이라도 발견한 양 넋이 나간 얼굴이었다. 그런 태후에게 선심 쓰듯 말했다.

"헤헤, 별거 아냐. 아무 때나 와서 봐."

그날 이후로 태후는 학원 수업 사이사이 한두 시간씩 우리 집에 들르곤 했다. 그림자처럼 따르는 우민이를 데리고서.

처음에는 팔꿈치로 툭 치거나 가볍게 뺨을 때리는 정도였다. 친구끼리 장난 좀 친 걸로 화를 내면 소심하다고 놀릴까 봐 웃어넘겼다. 그랬더니 다음에는 팔로 목을 휘감아 숨통을 조이거나 머리를 딱딱 소리 나게 때렸다. 웃으면서 때리니까 장난인지 아닌지 헷갈렸다. 우리 집까지 와서 노는 친구들에게 싫은 소리를 하는 게 옳은 건지 아닌지도 헷갈렸다. 아빠는 돌아가시고 엄마는 너무 바빠서 물어볼 사람이 없었다. 그렇게 한 학기가 흐르고 이제는 돌이킬 수 없는 지경이 되어 버린 거다.

"그 글 빨리 내려 줘. 만, 만약 나라면 그렇게 안 쓸 거야."

"뭐 역사 과외라도 받았냐? 과거를 잊어야 새로운 관계가 생기지, 왜 옛날 문제를 질질 끄는데?"

맞는 말인 것도 같았다. 그래서 말문이 막힐 뻔했지만, 문득 억울한 기분이 들었다.

"하지만 상대가 너무 큰 잘못을 했다면? 그래도 무조건 잊어야 하는 거야?"

"어쭈, 요게 말 많이 늘었다."

태후가 피식 웃었다. 그러더니 유도 선수처럼 내 팔을 잡아끌어 업어치기를 했다.

내 주머니에서 회중시계가 또르르 굴러 나왔다.

"거 뭐냐?"

"아, 안 돼!"

"내놔 봐."

태후가 회중시계를 이리저리 살펴봤다.

"요거 돈 좀 되겠는데."

당장이라도 아는 형들에게 팔아넘길 기세였다. 요즘 우리 집 지갑에 가져갈 돈이 없다며 부쩍 짜증을 부렸으니까.

어쩌지! 회중시계는 저 방 벽장 안에 있어야 하는데. 아직 할머니의 수수께끼도 풀지 못했는데.

회중시계가 사라지면 다시는 과거로 시간 여행을 할 수 없다는 불안감이 밀려왔다. 태후에게서 도망칠 기회도 영영 사라져 버린다. 시계를 지켜야 한다.

"이리 줘!"

태후가 방심한 틈을 타 회중시계를 낚아챘다. 그러고는 잽싸게 문을 열고 나가 왼쪽 방으로 뛰어들었다. 문을 잠그려고 했지만 옛날식 미닫이문이라 잠금장치가 없었다. 나보다 머리 하나는 더 큰 태후가 힘으로 문을 밀고 들어왔다.

"내놔. 안 내놔?"

"싫어! 네 것도 아니잖아."

나는 회중시계를 움켜쥐고 몸을 웅크렸다. 태후가 나를 발로 차 넘어뜨리고 티셔츠를 잡아당겼다. 티셔츠가 부욱 찢겨 나갔다. 태후의 손톱에 할퀴었는지 옆구리가 화끈거렸다.

태후가 무릎으로 나를 제압한 뒤 시계를 쥔 내 손가락을 하나씩 폈다. 마지막 손가락까지 다 펴졌을 때, 나는 깔려 있던 몸을 모로 돌려 뻗대면서 태후에게 발길질을 했다.

"이야아아아아!"

발길질이라기보다는 발버둥에 가까웠다.

태후가 배를 움켜쥐느라 손에서 시계를 놓쳤다. 그 틈에 얼른 시계를 쥐고 벽장 안으로 뛰어들었다. 이불 더미에 등을 기대고 발로 미닫이문을 지탱했다.

"어쭈, 이게 죽으려고. 열어! 안 열어?"

태후도 악에 받친 듯 벽장문을 흔들어 댔다. 덜컹덜컹 요란한 소리가 났다. 온몸의 힘을 발에 싣고 버텼다. 이대로 시계를 뺏기면 안 된다. 차라리…….

회중시계의 태엽을 돌렸다. 손가락이 후들거려서 입술을 한번 깨물고 정신을 집중해야 했다.

"Race the clock! Race the clock!"

주문을 빠르게 외웠다.

발에 힘이 다 빠졌을 때, 벽장문이 확 열렸다.

태후의 얼굴이 공중에 흩어지는 찰나 나는 암흑 속으로 빨려들었다.

아…… 유메와 같이 가야 하는데.

어두운 통로 이리저리 몸이 부딪히면서도 유메에게 미안한 마음을 지울 수 없었다.

희미하게 노랫소리가 들려왔다. 점점 가까워지는 그 목소리.

안도의 미소가 지어졌다. 태후에게서 무사히 도망쳤구나.

18
햇귀, 수인,
하루코의 시간

"아이구, 오마니!"

누군가 수인의 머리에 박치기를 했다. 눈앞에서 불이 번쩍했다.

오시이레 문이 드르륵 열리고 수인과 햇귀가 각자 머리를 부여잡은 채 방바닥으로 나동그라졌다.

"미, 미안합니다!"

햇귀가 벌떡 일어나며 회중시계부터 바지 주머니에 집어넣었다. 자칫 지난번처럼 빼앗길 위험이 있었다.

"아니, 당신은!"

수인이 귀신이라도 본 것처럼 도로 엉덩방아를 찧었다.

"당신은 그때 그 수상한 스나이!"

이럴 때 하루코라도 곁에 있었으면 덜 놀랐을 텐데, 하필 하루코가 뒷간에 다니러 간 사이에!

"저 기억나세요?"

"당연하지. 서기 2016년이 어쩌고 하던 그 스나이 맞지?"

"맞아요, 맞아."

자신을 기억해 주다니, 햇귀는 반가운 마음이 일었다.

햇귀는 수인의 얼굴을 찬찬히 뜯어보았다. 서늘한 눈매에 가지런한 코. 갸름한 턱선과 뽀얀 피부. 전형적인 동양 미인이었다. 병이 깊어져 침대에 누워 있는 할머니와 같은 사람이라고는 도저히 생각되지 않았다. 아직 이 집에 있는 걸 보니 끌려가기 전인 것만은 확실했다.

오늘 날짜를 묻는 햇귀에게 수인이 '또?'라는 얼굴을 했다.

"쇼와 17년, 그러니까 서기 1942년 4월 12일이야."

"앗, 할머니도, 아니 수인이도 서기를 알아요?"

"아이구, 오마니, 그쪽은 내 이름을 어찌 알지?"

두 사람은 서로에게 또 한 번 놀랐다.

"아, 그게 그러니까……."

햇귀가 그럴싸한 변명거리를 찾고 있는데 문이 드르륵 열리고 웬 여자애가 폴짝거리며 방으로 들어왔다.

"집에 우리 둘만 있어 본 게 얼마 만이야? 아랏, 이분은 누구……?"

그 순간 햇귀의 가슴이 철렁 내려앉는 기분이었다.

눈썹을 따라 일자로 자른 앞머리에 언뜻언뜻 패는 왼쪽 뺨의 볼우물. 새하얀 덧니.

"유메!"

햇귀가 저도 모르게 손을 뻗자 수인이 재빨리 앞을 막아섰다.

"조심해. 잘못하면 후지모토 상의 칼을 맞을지도 모르니까."

단호한 수인의 눈빛에 햇귀도 얼른 정신을 차렸다.

그렇지, 유메가 여기에 있을 리 없지. 여긴 1942년이니까. 다시 보니 유메와 분위기가 비슷하기는 해도 아주 똑같이 생긴 것은 아니었다.

햇귀는 무작정 과거로 온 것이 후회됐다. 어떻게든 시간을 끌어 유메와 함께 왔어야 했는데. 대체 뭐가 그리 무서워 서둘렀는지 모르겠다.

"이분은 누구야? 조선인인가?"

하루코가 묻자 이번에는 수인이 당황했다.

"어, 그러니까 음……."

둘러댈 말을 찾는 수인의 표정을 보고 햇귀는 순간적으로 한 손을 내밀었다.

"Nice to meet you. What's your name, Miss……?"

여기에 거주지가 없으니 미국에서 온 척하기로 한 것이다. 어쩐지 햇귀의 순발력이 늘었다.

"마이 네임 이즈 하루코. 앤드 홧 이즈 유어 네임?"

"My name is Mr. Oh. Anyway Haruko, you're so beautiful!"

햇귀는 평소 입에 담지도 못하던 찬사를 마구 날렸다. 아는 사람이 아무도 없는 곳에 와 있다는 게 이토록 뻔뻔한 용기를 선사할 줄 미처 몰랐다.

"아, 미스터 오!"

하루코의 눈이 반짝였다. 금세 눈가가 촉촉해졌다. 곱슬곱슬한 머리칼에 안경을 쓴 이 남자. 어딘지 돌아가신 영어 선생님을 닮았다. 자신이 영어 수업을 얼마나 열렬히 좋아했는지 다시금 생각났다. 선생님의 영어 발음을 들을 때면 천상의 시를 듣는 것처럼 기분이 몽롱해지곤 했다. 이슬이 풀잎 위로 굴러가는 것 같던 'R' 발음과 강력하면서도 로맨틱하게 들렸던 'S' 발음. 다시는 그 음성을 못 들을 줄 알았는데 눈앞에 영어 선생님의 화신이 나타난 것이다.

"I studied English in America."

햇귀는 일본 소녀가 어떻게 나올지 몰라 한 번 더 선수를 쳤다.

"아, 리아리? 유어 프로논세이숀 이즈 베리 굿또!"

일본 사람 특유의 영어 발음에 햇귀는 웃음이 터질 뻔했다. 초등학교 때부터 영어 학원에 다니고 디즈니 애니메이션을 끼고 살았던 햇귀에게는 특별할 것도 없는 발음이었다. 1942년의 하루코에게는 꽤 유창하게 들리는 모양이었다.

"수인 상, 아까 저분이 유메라고 했지? 그 이름 참 예쁘지 않아?

나중에 딸이나 손녀 이름을 유메라고 지어야겠다. 그나저나 연인을 몰래 집에 들이다니, 앙큼한 데가 있었어!"

하루코는 잔뜩 신나는 표정이 되었다.

"연인이라니 망측한 소리 하지 마."

수인이 두 팔을 휘휘 가로저었지만 하루코는 계속해서 놀려댔다.

"나보다 먼저 키스하는 건 결사반대! 어디까지나 내가 먼저 해 보고 알려 줄 테야."

돌아가는 모양새를 보니 하루코란 아이, 퍽 재미난 성격인 것 같았다. 햇귀는 내친김에 계속해서 시나리오를 썼다.

"나와 수인은 동갑내기 사촌이야. 영어 가정 교사 자리를 구하러 경성에 온 김에 잠깐 들렀지."

"아! 잉글리시 티처! 미스터 오는 일본어도 잘하시네요."

하루코는 탄성처럼 내뱉더니 곧장 눈시울이 붉어졌다. 아무리 생각해도 이 남자와 운명의 만남인 것만 같아서였다.

"아이 원트 투 비 어 잉글리시 티처!"

여학교를 졸업하면 뭘 해야 좋을지 모르겠다더니. 하루코의 급조된 장래 희망 앞에서 수인은 실소를 금하지 못했다.

하루코가 햇귀의 찢어진 반팔 티를 유심히 훑어보았다. 그 시선에 햇귀가 반사적으로 말했다.

"Oh, this is American style."

"원더풀 원더풀!"

하루코는 햇귀의 찢어진 티셔츠가 정말 미국 스타일이라고 믿는 눈치였다.

"쌈박질하다 그리된 거 아니고?"

수인이 조선말로 정곡을 찔렀다. 햇귀 입장에서는 그 말을 하루코가 알아듣지 못해 천만다행이었다.

"내일 아버지가 돌아오시면 입주 영어 선생님을 구해 달라고 해야겠다. 분명 허락해 주실 거야."

"하루코, 그건 불가능할 수도 있어."

"왜? 이렇게나 실력이 좋은 선생님인데?"

"요즘 라디오에서 무슨 방송이 나오는지 생각해 봐. 미국과 영국은 일본의 적국이니 미워하고 또 미워하자고 나오잖아. 그런데 총독부 관리인 후지모토 상께서 영어를 배우라고 선뜻 허락하시겠니?"

듣고 보니 맞는 말이었다. 하루코의 낯빛이 어두워졌다. 간호 장교가 되라는 아버지의 명을 따르지 않아 미움을 사는 중이라는 것도 깜빡하고 있었다.

다음 날 오후, 수인의 오시이레에서 삼자 회동이 열렸다.

"수인 상 말이 맞았어. 아버지가 영어는 듣기도 싫다면서 다시는 쓸데없는 소리 하지 말라셔. 나는 영어 선생님, 아니 미스터 오와 죽어도 헤어지기 싫은데……."

하루코가 한참 생각하더니, 손가락을 딱 튕겼다.

"좋은 생각이 있어. 어젯밤에 수인 상은 내 방에서 자고 미스터 오는 이 방에서 묵었잖아? 미스터 오가 거처를 구할 때까지 당분간 그런 식으로 지내면 어떨까? 집에 다른 사람이 있을 때는 이렇게 오시이레에 숨으면 되고."

그 의견에 토를 달 사람은 아무도 없었다. 하루코는 쮸데이처럼 고아가 되지 않으면서도 신기한 모험과 맞닥뜨렸다는 사실에 들뜬 것 같았다.

*

수인이 햇귀와 정면으로 마주 앉았다.

"너 정체가 뭐야?"

뜻밖의 선제공격이었다.

햇귀는 모든 것을 명쾌하게 설명할 방법을 궁리해 봤지만, 쉽지 않았다. 거짓으로 둘러대서는 오해만 살 것이다. 진실. 복잡한 상황일수록 진실을 말하는 게 가장 좋다.

"믿기지 않겠지만 나는 미래에서 왔어."

햇귀는 수인에게 동갑임을 강조하며 말을 놓았다. 할머니뻘에게 말을 놓는다는 게 적잖이 신경 쓰였지만, 빨리 친해지려면 이 방법이 제일이다. 친해져야 수인 할머니가 던진 수수께끼도 풀 수 있을 테니까.

"저번에 말한 서기 2016년 말이지?"

"그래, 바로 그거야."

수인이 순순히 믿어 주는 것 같아 햇귀는 마음이 놓였다.

"미래에서 여기로 어떻게 왔다는 거지? 타이무마신이라도 타고
왔니?"

"타임머신을 알아? 할머니, 아니 너 되게 유식하다!"

햇귀의 입에서 감탄사가 튀어나왔다. 그 바람에 수인이 조금 으
쓱해졌다.

"오시이레라고 하던가? 벽장 이불 더미에서 회중시계가 나왔
어. 태엽을 감았더니 과거로 오게 된 거야."

"회중시계가 타이무마신? 순 사기 치는 거 아니야?"

곧바로 수인의 반격이 들어왔다.

다행히 햇귀에게는 밤새 생각해 놓은 각본이 있었다.

"난 너에 대해 많은 이야기를 들었어. 네 이름은 빼어날 수(秀),
꽃창포 인(藺). 현수인 맞지? 수예에 소질이 있지만 꿈은 가수. 아
버지가 양주장 사건으로 감옥에 갇혔고, 그 일 때문에 지금 식모살
이를 하는 거잖아. 내가 미래에서 오지 않았다면 어떻게 이런 사실
을 알겠어?"

햇귀는 스스로 생각해도 논리 정연한 것 같아 뿌듯했다. 기억력
하나는 정말이지 좋은 편이라니까.

"너, 너! 나에 관해 염탐이라도 하고 다녔니? 썩 나가지 못해!"

수인의 얼굴이 무섭게 변했다. 방 한쪽에 있던 빗자루로 햇귀의 등짝을 꾹꾹 찔렀다.

"좋아, 그럼 네가 질문을 던져 봐. 세상에서 너만 아는 비밀 같은 거. 만약 내가 대답하면 무조건 내 말 믿어 주기다."

햇귀는 방구석으로 몰리면서도 결코 포기하지 않았다.

수인에게 이 스나이를 쫓아낼 권한 같은 것은 없었다. 하루코의 뜻을 거스를 수 없기 때문이다. 하지만 자신에 대해 속속들이 아는 사람이 있다는 게 어쩐지 몸서리가 쳐졌다.

"나를 속이는 거라면 가만두지 않을 테야."

그러고는 이 스나이를 쫓아낼 질문을 곰곰이 생각해 봤다.

"내 보물 1호가 뭐지?"

수인이 회심의 미소를 지었다. 자신만만한 표정이었다.

"한 번도 자르지 않은 네 머리카락. 목욕 시간에 늦었다고 후지모토 씨가 칼을 휘둘렀잖아."

"그, 그걸 네가 어떻게……!"

역시 골목을 어슬렁거리며 그간의 사정을 엿본 게 틀림없다.

수인은 겨우 마음을 가라앉히고 다음 질문을 던졌다.

"그럼 내 보물 2호는?"

"「청춘 계급」 레코드판! 너는 김해송을 좋아하지만 아버지는 선우일선을 좋아하고. 괜히 입 아프게 더 묻지 말아 줘."

이런 호랑이가 물어 갈 일이 있나. 수인은 한씨 아저씨가 말하던 꿈과 환상의 영화 속에 들어온 게 아닌가 싶었다. 살아 있는 모든 것들을 이곳에서 저곳으로 움직일 수 있으며 죽은 사람도 살린다는 영화. 아저씨에게 당장 달려가 물어보고 싶었다. 이게 현실인지 영화인지.

참말로 미래에서 온 스나이라면, 그렇다면 꼭 물어볼 것이 있다.

"좋아, 전쟁은 끝났니? 나는 가수가 되었니?"

"응? 그게……."

햇귀가 알고 있는 미래의 수인은 가수가 되지 못했다. 가수는커녕 평생 얼굴에 기다란 칼자국을 지니고 괴물이란 소리를 들으며 살았다. 그리고 전쟁터에서 군인들에게…….

너무 곤혹스럽다. 그 비극을 어떻게 말로 전할 수 있을까.

"그것보다 난 어떤 수수께끼 때문에 여기까지 오게 됐어. 처음엔 그게 나한테 던져진 건지도 몰랐지만. 그 수수께끼를 풀려면 네 도움이 필요해."

수인은 여전히 의심의 눈초리를 거두지 않았지만 일단 그 정도로 수긍하고 하루코를 데리러 나갔다.

햇귀는 텅 빈 집을 구석구석 살폈다. 2016년에 비해 훨씬 생동감 있어 보였다. 벽돌도 수도꼭지도, 마당에서 자라는 소나무도. 이곳에서 모든 수수께끼를 풀고 돌아가겠다고 마음먹었다. 대체 수인 할머니가 왜 그런 고통을 당해야만 했는지. 끌려가던 날 무슨 일이 벌어졌는지. 할머니는 왜 그 순간을 떠올리려고만 하면 발작적인 행동을 보이는지. 그리고 유메의 수수께끼도 함께.

숨기 적당한 벽장에, 자신에게 호감을 보이는 주인집 딸. 다른 사람의 눈에 띄지 않고 돌아다닌다면 충분히 가능한 일이었다.

수인 할머니가 울부짖듯 내뱉은 단어들이 떠올랐다.

하루코의 아버지, 티켓, 회중시계, 그리고 트럭.

그날, 무슨 일이 벌어졌을까?

좀 더 단서가 필요하다.

2층 복도 창으로 경성 풍경을 내려다보는데, 대문 밖에서 누군가 서성이는 게 보였다. 유난히 눈을 희번덕거리는 남자였다.

*

밤늦게 후지모토를 찾아온 손님이 있었다. 보통 때 같으면 수인에게 식사와 술안주를 준비하라고 시켰을 텐데, 웬일로 일찍 올라가 자라는 것이었다.

서재로 들어가던 남자가 수인이 있는 쪽을 힐끗 돌아봤다.

수인은 어디서 많이 본 듯한 얼굴이라고 생각했다. 유난히 눈을 희번덕거리는 남자.

누구지? 누구일까?

하루코 옆에 누워 까무룩 잠이 들려는 순간, 수인은 화들짝 몸을 일으켰다.

순사 보조다!

검은 제복을 입고 자기가 뭐라도 되는 양 고향 집 마당에 들어섰던 그 남자. 아버지를 감옥소에 끌고 간 것은 법에 따른 일이라 쳐도, 나를 감쪽같이 속여서 후지모토 상에게 팔아넘긴 그 작자가 아닌가. 대체 여긴 무슨 일일까?

수인이 뒤척이며 잠을 이루지 못할 그 시각에 햇귀는 서재 문에 귀를 바짝 대고 있었다. 아무래도 미심쩍었다. 밤늦게 독대하는 손님이라. 숨겨야 할 비밀이 있지 않고서야 이럴 이유가 없을 것 같았다.

안에서 나지막이 말소리가 들려왔다.

"히로카와, 일전에 지불한 돈은 어떻게 하고?"

"그게…… 큰 사기를 당했습니다. 투자만 하면 돈이 화수분처럼 솟아난다는 금광에 4천 엔을 몽땅 집어넣었는데, 중간에 소개한 사람이 투자금만 들고튀었지 뭡니까."

"형편이 어렵겠군."

"그래서 전보를 받고 이렇게 달려오지 않았습니까. 무슨 시키실 일이라도……?"

"내게 좋은 사업이 하나 있는데. 이걸 아무한테나 알려 줄 건 아니고."

나이가 좀 더 지긋하면서도 차가운 후지모토의 목소리. 뜸을 들이는 것 같았다.

"어떤 사업이든 제게 기회를 주신다면, 이익의 4할을 떼어 드리겠습니다."

후지모토는 대답이 없었다.

"아, 제가 욕심을 부렸군요. 5할을 떼어 드리겠습니다."

"그 사업이란 게 말이야……."

그때 햇귀의 등 뒤에서 인기척이 들렸다.

"미스터 오, 여기서 뭐 하는 거야?"

서재에서 말소리가 뚝 끊겼다.

"쉿!"

햇귀가 한 손으로 하루코의 입을 막고 2층 계단 위로 끌어 올렸다.

"수상한데, 미스터 오."

하루코가 자기 방문 앞에서 장난스럽게 햇귀를 노려봤다. 하루코에게는 세상 모든 일이 장난인 것 같았다. 심각할 것은 아무것도 없었다.

*

며칠간 폭우가 쏟아져 외출은 엄두도 못 내었다. 마침내 비가 그친 날에는 새벽부터 무슨 훈련을 하는지 사이렌이 요란하게 울리고 곳곳에서 폭음이 들려왔다.

하루코가 학교에 가 있는 시간이나 후지모토 내외가 집에 있을 때를 제외하고는 수인의 방 오시이레에서 비밀 모임이 열렸다. 넓지 않은 오시이레 안에 셋이 쪼그리고 앉아 삶은 옥수수와 감자를 먹으며 긴 이야기꽃을 피웠다. 수인은 가수들 이야기라면 그칠 줄 몰랐고 하루코는 연애 이야기라면 끝장을 볼 태세였다. 햇귀는 별수 없이 듣는 축에 속했다.

후지모토가 언제 들이닥칠지 몰라 수인은 조마조마했다. 요즘 들어 손님을 대동하고 일찍 퇴근하는 일이 잦았기 때문이다. 대문에서 초인종이 울리면 저 스나이부터 숨겨야 한다.

수인의 걱정은 아랑곳없이 하루코는 셋이서 다 함께 영화를 보러 가자고 했다. 역시 어디로 튈지 모르는 하루코였다.

햇귀가 자신의 너덜너덜한 윗도리를 가리키며 말했다.

"내 아메리칸 스타일을 사람들이 점잖게 봐 줄지 모르겠네."

"그건 걱정 마. 백화점부터 들를 거니까. 미스터 오에게 어울리는 옷이 있을 거야."

"하루코! 부모님 허락 없이 돈을 낭비하는 건……."

"염려 마, 수인 상. 내 핸빡에 돈이 많잖아. 그리고 낭비라니? 엄연히 미스터 오를 위한 선물인걸."

세 사람은 명치정 가는 전차에 올랐다. 햇귀 양옆에 수인과 하루코가 앉았다. 전차가 정류장에 설 때마다 수인이 움찔하면서 두 손으로 귀를 막았다.

"수인, 왜 그래?"

햇귀가 묻자 수인은 고개만 저었다. 평소답지 않게 겁먹은 얼굴이었다.

"수인 상은 전차 굉음이 무섭대."

하루코가 수인 대신 대답했다.

어깨를 움츠리고 바르르 떠는 모습이 안쓰러워서 햇귀는 몇 번이고 수인을 바라봤다. 고집불통에 괄괄한 성격인 줄로만 알았는데, 수인에게도 여린 면이 있었다.

햇귀는 스스럼없이 몸을 틀어 수인의 양쪽 귀를 막아 주었다. 수인이 깜짝 놀라 햇귀를 올려다봤다. 햇귀가 별거 아니라는 듯 씨익 웃었다. 수인의 볼이 빨개졌다. 수인이 부끄러워서 주위를 둘러보니, 다행히 하루코는 졸고 있었다.

미쓰코시 백화점에서 햇귀의 양복을 맞추다 뜻밖의 소식을 접하게 되었다. 인천 공회당에서 올해의 신인 가수 콩쿠르가 열린다는 것이었다. 대회는 사흘 후였다.

"저는 권정우라고 합니다. 콩쿠르 때 입을 양복을 찾으러 왔어요. 올해도 마흔 명이나 참가한다니 바짝 긴장이 되는군요."

청년이 매끈한 검은색 양복을 어깨에 메고 사라지는 걸 수인은 선망의 눈으로 좇았다. 나도 참가하고 싶다는 말이 수인의 목구멍까지 올라왔다. 하지만 사흘 후 토요일에 후지모토 내외가 집을 비

울지는 알 수 없는 일이었다.

하루코와 햇귀가 동시에 외쳤다.

"우리도 가자! 인천 공회당으로!"

집에 오자마자 하루코가 여기저기 전화를 돌려 수인을 참가자 명단에 올려놓았다. 무슨 수를 써서라도 셋이 같이 제물포행 전차를 타자고 결의했다.

그날 밤에는 오노가 아들 후지모토와 함께 술잔을 기울였다. 응접실로 안주를 나르는 수인에게 후지모토는 그만 가 봐도 좋다고 했다.

수인은 잠자리에 들었지만, 햇귀는 오노 부자(父子)가 눈치채지 못하게 주변을 배회했다. 어떤 단서든 꼼꼼하게 포착해야 했다. 이 집에서 무슨 일이 벌어졌는지 꼭 알아야 하니까.

햇귀의 몸이 기척도 없이 응접실과 맞닿은 복도 벽에 밀착되었다. 두 사람의 대화가 제법 잘 들렸다.

"이왕 조선으로 건너왔으니 우리 가문에서 정무총감이나 총독 한 명쯤 나와야 하지 않겠습니까? 아버지가 손 좀 더 써 주세요."

"그래, 그러마. 육군성에서 위안소에 관한 계획을 세웠다는 말은 일전에 했었지?"

"예, 그 일을 도와줄 조선인도 미리 구해 두었습니다."

"육군 장성에게 편지부터 써 보내는 것이 어떠냐? 경성 쪽 위안 단을 네가 맡아서 모집해 보겠노라고 말이다. 천황 폐하에 대한 충성심을 드러내는 게 중요하니까."

위안단을 맡겠다는 편지를 쓴다고? 위안단이라면 위안소와 관
련된 여성들을 말하는 거겠지?

가슴이 두근거렸다. 불길한 예감이 들었다.

*

"와! 가마솥을 진짜 욕조로 쓰는 줄은 몰랐어!"

목욕물을 길어 나르는 수인 옆에서 햇귀는 소리를 지르고 말았
다. 「센과 치히로의 행방불명」 목욕탕 장면에 커다란 가마솥 욕조
가 나오는 걸 봤는데, 애니메이션이니까 재미로 만들어 낸 소품인
줄 알았다. 그런데 일본 사람들이 진짜로 가마솥에서 목욕하던 시
절이 있었던 것이다.

물동이를 가마솥 위로 들어 올릴 때마다 수인의 가녀린 어깨가
부들부들 떨렸다.

"이리 줘 봐. 내가 도와줄게."

햇귀는 호기롭게 물동이를 들어 올렸으나 어깨가 후들거리기는
마찬가지였다.

이렇게 힘든 일을 고작 열여섯 살밖에 되지 않은 여자애한테 시
키다니. 후지모토는 냉혈한이 틀림없다. 햇귀는 속으로 욕을 퍼부
었다.

제물포행 전차는 결국 타지 못했다. 토요일 오후에 후지모토의 손님들이 대거 몰려왔기 때문이다. 그 사람들은 오후 티타임부터 시작해 저녁을 먹고 술까지 거하게 마시고 돌아갔다.

그 대신 일요일에 집이 비었다.

"우리 창경원에 가자. 수인 상도 거기 가면 기분이 좀 나아질 거야."

"괜찮아. 나중에 '늙은 가수 콩쿠르'에나 나가지 뭐."

수인은 애써 농담을 했지만 기분이 울적해지는 건 어쩔 수 없었다.

하루코의 끈질긴 설득 끝에 세 사람은 집을 나섰다. 창경원에 들어서자 지독한 똥 냄새가 났다. 하마, 코끼리, 호랑이들이 몸에 배설물을 묻힌 채 우리에서 늘어지게 하품을 하고 있었다.

햇귀는 이곳이 창경궁으로 복원된 이후에 태어나서 동물원이었던 시절은 잘 알지 못했다.

"일제 강점기에 이곳 창경궁은 동물원으로 개조되었어요. 일본이 조선 왕실을 욕보이기 위해 궁에 연못을 파고 온갖 동물들을 데려다 유원지로 만들었지요."

초등학교 때 체험 학습을 와서 선생님한테 들었던 말이 떠올랐다. 그때 본 창경궁의 아담하고 예쁜 모습이 좋았다.

"지난번에 웃는 새가 웃지 않아서 실망했었어. 오늘은 꼭 웃는 걸 보고 말 테야."

하루코가 결연하게 주먹을 쥐었다. 수인과 햇귀는 하루코를 따라 게으른 낮잠을 즐기는 캥거루 우리를 지났다.

"저기 있다!"

하루코가 어린애처럼 좋아하며 새장 앞으로 달려갔다.

색이 바랜 듯한 하얀 몸통에 짙은 갈색 날개와 꽁지깃, 그리고 역시 짙은 갈색 눈망울. 이국적인 새 앞에서 햇귀는 그저 고개만 갸웃했다. 새가 웃는다고? 사람 말을 따라 하는 새는 봤어도 웃는 새가 있다는 건 처음 들었다.

하루코는 레이스가 풍성한 원피스를 입었고, 수인도 하루코가 빌려준 양장을 입었다. 둘 다 깃털 달린 모자가 아주 잘 어울렸다. 잘 차려입은 두 소녀가 웃는 새 앞에서 엉덩이를 쑥 내밀고 목을 앞뒤로 움직이며 오리 흉내를 냈다.

"꽥꽥. 꽥꽥."

호주에서 수입해 온 이 부부 새는 여간해서는 사람들 앞에서 잘 웃지 않기로 소문났다고 했다. 그래도 그렇지, 사람이 새를 웃기자고 이 난리 법석이라니.

"푸하하하하!"

햇귀가 참지 못하고 웃음보를 터뜨렸다. 그 바람에 수인과 하루코도 오리 흉내를 멈추고 함께 웃어 댔다. 셋 다 얼굴이 벌게지도록 웃었다.

그때였다. 요란한 새의 웃음소리가 뒤를 이었다.

"우꺄꺄꺄꺄꺄! 우꺄꺄꺄꺄꺄!"

뭉툭한 부리 속에서 어떻게 그런 소리가 나오는지 신기하기만했다. 두 마리가 한꺼번에 웃으니 엄청나게 시끄러웠다.

창경원 관리인들이 놀라 뛰어왔다.

"이 새들이 이토록 크게 웃는 건 처음 본다. 너희 운이 아주 좋구나."

햇귀는 3학년이 된 후 웃어 본 기억이 없다. 언제나 헤헤거리며 웃는 얼굴을 하고 다녔지만 진심으로 웃은 적은 없었다. 늘 겸연쩍어서, 미안하거나 민망해서 웃는 게 다였다. 하지만 방금은 진짜 웃음이다. 먹지도 않았는데 배 속이 든든하고 가슴에서 탄산이 톡톡 터지는 것 같았다.

셋은 나무 그늘에 돗자리를 폈다. 준비해 온 주먹밥과 과일 도시락을 맛있게 먹고 나자 나른함이 몰려왔다.

"여기서 수인 상의 노래를 들어 보면 어때? 청중도 이렇게 많은데."

"괜히 험한 일에 말려들면 어쩌려고."

"나한테 다 생각이 있어."

하루코가 자리에서 벌떡 일어나더니 손나팔을 하고 큰 소리로 외쳤다.

"여기 있는 제 사촌 언니는 노래를 아주 좋아합니다. 특히 조선의 짜스를 아주 잘 부릅니다. 짜스는 세계에서도 굉장히 세련된 음악으로 정평이 나 있습니다. 수준 높은 청중 여러분, 언니에게 한 곡만 청해 볼까요?”

그러자 몇몇 사람이 박수를 쳤다. 하루코의 즉흥 연기는 흠잡을 데가 없었다. 수인은 몇 번이나 사양하다 결국 얼굴이 빨개져서는 자리에서 일어섰다.

“험험.”

헛기침을 하자 사람들의 시선이 수인에게 쏠렸다. 용기 내어 노래를 불러도 될 분위기였다.

“노래를 부르자 사랑의 소나타. 이 밤이 다 새도록 노래를 부르자. 아— 어여쁜 아폴로! 아— 따르디리 따르디리 따랏다. 워카를 마시며 노래를 부르자!”

반주도 없이 부르는 노래지만, 수인은 하루코 앞에서 부를 때의 느낌을 고스란히 살리려고 애썼다. 2절을 부를 때는 구경꾼 한두 명이 박수를 치며 박자를 맞췄다. 3절에 이르자 흥이 오른 수인이 격정적인 변주로 클라이맥스를 한참이나 끌었다. 박수를 치고 발을 구르는 사람이 늘어났다. 수인을 중심으로 수십 명의 사람이 몰려들어 둥글게 원을 이뤘다.

“브라바!”

“스고이!”

갖가지 찬사가 휘파람에 실려 수인에게 날아들었다.

수인이 노래하는 모습에 햇귀는 반하고 말았다. 이렇게 매혹적인 무대는 처음이다. 관객을 노래 속으로 빨아들이는 마성의 목소리. 몸에 밴 리듬감. 옛날에도 이렇게 재능 있는 10대 소녀가 있었을 줄은 상상하지 못했다. 그때는 음악도 미술도 문학도 없는 암흑시대가 아니었을까, 막연히 그 정도로만 생각했기 때문이다.

집에 갈 때는 열기를 식힐 겸 광화문통 쪽으로 걸어갔다. 세 사람 모두 입을 다물고 있었지만, 조금 전의 감흥을 되새기느라 배시시 웃는 얼굴들이었다.

"수인, 하루코, 나랑 자리를 바꿔서 걷자."

"왜?"

"길 바깥쪽이 위험하니까."

자리를 바꾸자마자 인력거 한 대가 햇귀의 왼팔을 스치고 쌩하니 지나갔다.

"미스터 오는 정말이지 신사로구나."

수인의 말에 이번에는 햇귀의 얼굴이 빨개졌다. 날이 더운 탓인지도 몰랐다.

*

햇귀는 발소리를 내지 않고 아래층 서재로 내려갔다. 후지모토는 요릿집 회동을 갔기 때문에 새벽에나 들어온다고 했다. 예민한 노리코가 깨지 않도록 조심하기만 하면 된다.

편지를 찾아야 한다. 후지모토가 육군 장성에게 보내는 편지.

서재 중앙에 거대한 흑단 책상이 보였다. 수인이 얼마나 정성 들여 닦았는지 책상 표면이 푸른 달빛을 받아 반질반질 윤이 났다.

'찾았다!'

햇귀가 편지지를 집어 들었다. 굳이 서랍을 일일이 뒤질 필요도 없었다. 잉크를 말리려 했는지 책상 위에 반듯하게 놓여 있었던 것이다.

　육군성 미야무라 대장 전 상서

　버마의 미트키나로 보낼 금번 제4차 위안단 모집에 미약하나마 저의 힘을 보태고 싶습니다. 주로 지방에서 위안단을 모집한다고 들었습니다만 제가 책임지고 경성에서 스물두 명을 모아 부산으로 보내겠습니다. 협력할 사람도 이미 구해 두었습니다. 군에서 하는 일을 어찌 총독부의 관리인 제가 모른 척할 수 있겠습니까.

　모쪼록 한두 달만 말미를 주시면 완벽하게 처리할 것입니다. 천황의 군대가 아시아를 제패하고 신동아를 건설할 수 있도록 적극 협조할 영광스러운 기회를 저에게 주십사 간청하나이다.

　　　　　　　　　　　　　　　　　쇼와 17년 5월 2일
　　　　　　　　　　　　　　　　　후지모토 교타로 올림

한두 달 안에 위안단을 파견한다고 했으니 이번 6월이나 7월이다. 햇귀는 조금 혼란스러웠다. 무력한 목격자로 남아야 하는지, 아니면 어떤 식으로든 행동해야 하는지.

제4차 위안단 자체를 없던 일로 할 수는 없을까? 기껏 과거로 시간 여행을 왔는데 아무것도 할 수 없다면 그게 무슨 의미가 있을까? 배를 띄우지 못하게 고장을 낸다든지 기차가 출발하지 못하도록 지연시킨다든지. 뭐든 할 수 있는 게 있을 것이다.

고장 난 배나 기차는 언제든 대체될 수 있다. 그게 문제다.

후지모토의 편지를 없애 버리자. 이 일은 군의 허락이 있어야 할 수 있는 일이다. 아예 허락을 구하는 편지를 사라지게 만들면 경성의 스물두 명이나마 구할 수 있다.

햇귀는 편지를 갈기갈기 찢어서 화장실 구멍에 던져 버렸다.

다음 날 아침, 후지모토의 목소리가 2층 천장까지 쩌렁쩌렁 울렸다.

"누가 내 편지에 손댔나! 누가!"

노리코와 하루코, 수인이 후지모토 앞에 무릎을 꿇었다. 햇귀는 2층 난간 뒤에 엎드려 무슨 일이 벌어지는지 지켜봤다.

후지모토가 수인의 뺨을 후려쳤다. 수인이 응접실 바닥에 넘어지면서 뺨을 감싸 쥐었다.

"누가 내 방을 함부로 뒤지라고 했나!"

"저는 그러지 않았습니다."

"이제 거짓말까지 하나!"

수인의 뺨이 더욱 벌겋게 부풀어 올랐다.

한바탕 소동이 끝나고, 후지모토는 편지를 새로 쓴다며 서재로 들어갔다. 하루코가 조심스레 따라 들어갔다.

"아버지, 수인은 제게 언니 같은 존재입니다. 부디 아껴 주세요."

"언니라고? 식모 따위와 친해지지 말아라."

"진심이에요. 저에게는 언니나 다름없다고요."

그러자 후지모토가 책상을 쾅 내려쳤다. 서류들이 공중으로 1센티미터쯤 떠올랐다 풀썩 내려앉았다. 하루코의 눈에 눈물이 고이려고 했다.

"너는 황국의 신민이다. 하지만 반도인은 죽어도 황국의 신민이 되지 못해. 그저 반도인일 뿐이지."

"그러면 왜 조선의 학교에서 '황국 신민의 서사' 같은 걸 외우게 해요?"

"그야 우리가 조선을……. 부질없는 소리 집어치우고 그만 나가 보도록."

하루코의 마음속에 여러 생각이 교차했다. 아버지가 조선의 발전을 위해 일하는 분이라는 믿음은 변함없었다. 하지만 이번만은 조금 서운했다.

하루코는 서재를 나서며 주위를 둘러보았다. 행여 자신과 아버지의 대화를 들은 사람이 없기를 바라면서.

층계 밑 화장실 문이 빼꼼 열렸다. 햇귀가 코를 비틀어 쥐고 복도로 나왔다. 방금 전까지 후지모토의 서재 문 앞에 있다가 순식간에 화장실로 몸을 피했던 것이다.

후지모토의 편지 실종 사건으로 뺨을 얻어맞은 것도 수인이고 새로 쓴 편지를 들고 우체국 심부름을 간 것도 결국 수인이었다. 부어오른 한쪽 뺨을 손으로 가리고서. 그걸 지켜보는 햇귀의 가슴이 저렸다. 칼날이 가슴을 우묵우묵 저미는 아픔이었다.

저 후지모토라는 인간을 함정에 확 빠뜨리고 싶다. 술에 잔뜩 취하게 만든 후 유인하면 어떨까. 영원히 빠져나오지 못할 함정으로.

'후지모토 상은 술고래야. 얼마나 센지 아무리 술을 들이부어도 다음 날이면 어김없이 제시간에 일어나 출근할 정도야.'

수인이 했던 말이 떠올랐다. 열여섯 살 햇귀가 대적하기에 후지모토는 너무 힘이 강했다.

경성에서 끌려갈 소녀를 모두 구하는 것은 아무래도 힘들 듯하다. 그렇다면 수인이라도 구할 수는 없을까? 수인이 끌려가기 전에 먼 곳으로 도망시키면?

그 역시 불가능하다. 어디로 도망시킨단 말인가. 수인의 고향 집으로 가 보았자 금세 발각될 테고 내가 아는 비밀 장소도 없다. 어디든 안전한 장소가 있다면 수인을 그리로 데려갈 텐데……

'아! 그런 방법이 있었다니!'

햇귀는 수인이 우체국에서 돌아오자마자 손목을 잡아끌었다.

"수인, 식모살이에서 탈출할 수 있는 좋은 방법이 있어! 나와 함께 미래로 가자!"

"미래?"

햇귀는 미래 사회가 어떤지, 얼마나 매력적인 세상인지 묘사하기 시작했다.

"내가 사는 시대에는 청소기와 세탁기라는 기계가 있어. 청소기는 더러운 먼지를 빨아들이는 기계이고, 세탁기는 빨래를 대신해 주는 기계지. 수인이 지금 하는 일 가운데 절반 이상은 기계에 맡길 수 있단 말이야."

설명하다 보니 햇귀도 신이 났다. 과학 기술이 발달한 미래에 산다는 게 내심 자랑스럽기까지 했다.

"보들보들하고 따뜻한 고무장갑도 있어. 겨울에 맨손으로 빨래 빨면 손 시리지 않아?"

"미래는 참말 멋진 세상이구나."

수인의 눈에 갈망의 빛이 스쳤다.

"고무장갑 같은 게 중요한 게 아니라고. 미래에 가면 너는 금세 유명한 가수가 될 거야. 너 정도 실력이면 틀림없어."

가수가 될 수 있다는 말에 수인의 눈동자가 급격히 흔들렸다.

미래로 가면 가수의 꿈을 이룰 수 있을까?

*

햇귀는 창문을 통해 식당 안을 살폈다. 새로운 손님 둘과 후지모
토, 일전에 방문했던 히로카와까지 네 명이 위스키 잔을 부딪쳤다.

"인생이란 주변에 널린 도구들만 잘 이용하면 성공하는 겁니다.
어떻게든 경성으로 올 기회를 노리고 있었는데, 저 계집애의 집안
이 독립운동을 벌인다는 첩보가 들어온 겁니다. 잡화점 조선인을
매수해서 일을 진행시켜 보니 의외로 아귀가 착착 맞더란 말입니
다. 그 조선 놈, 집에 돈이 씨가 말라서인지 개처럼 일하더군요. 경
찰에서도 만주 독립군을 일망타진할 기회라며 얼씨구나 현 주사
를 체포해 간 것이죠."

거나하게 취한 후지모토의 목소리가 여느 때보다 고조되었다.

"그러니까 그 계집애 아버지의 돈도 가로채고 총독부에 공도 세
웠다, 일석이조다, 이 말씀이시지요."

새로운 손님 중 하나가 질문인지 칭찬인지 모를 말로 분위기를
돋웠다.

"양주장을 팔면 내가 증언해 주기로 했다니까 현 주사가 깜박
속아 넘어갔다더군요. 잡화점 조선 놈 명의로 양주장을 완전히 헐
값에 사들여서는 곧바로 다른 사람에게 몇 배 비싸게 팔았죠. 그
이익의 일부는 윗선에 바치고 나머지 일부로는 이렇게 여러분과

술을 나눠 마시고 있는 겁니다. 이것이 바로 여러분이 궁금해한 고속 승진의 비법이죠, 하하!"

수인의 식모살이에 얽힌 내막을 알게 된 햇귀는 바드득바드득 이를 갈았다. 자신의 안위를 위해 죄 없는 일가족을 희생양 삼고는 그걸 자랑스레 떠벌리는 인간이라니.

"오노 상이 계획을 잘 세우기도 했지만, 무엇보다 후지모토 상 복이 많은 것이지요. 저 아이의 집은 파탄 난 것이나 다름없습니다. 집안의 가장이 감옥에 갇히고 주변 친척들도 다 경찰의 감시를 받고 있으니 말입니다. 어차피 공짜로 쓰던 아이인데 좀 더 쓴다고 별 탈이야 있겠습니까. 그러니 이번 위안단에 포함시켜도 큰 문제가 없을 것입니다."

굽실거리는 목소리. 히로카와였다.

방금 그가 뭐라고 했지?

두근두근. 햇귀는 두려움에 심장이 뛰는 것을 주체할 수가 없었다. 공짜로 쓰던 아이니까 위안단에 포함시킨다, 갑자기 사라져도 손쓸 만한 가족이 없다.

비열한 인간들!

세상에서 가장 추악한 욕설을 알고 있다면 당장 큰 소리로 내뱉고 싶은 심정이었다.

축음기를 틀었는지 일본 가요가 흘러나왔다. 이제 말소리가 띄엄띄엄 들렸다.

"그렇습니다. 제 동업자가 밤에…… 골목길에…… 대기하고 있을 겁니다."

날짜와 시간을 정확히 듣지 못했다. 뭐가 대기하고 있을 거란 얘기지?

축음기의 볼륨이 점점 커지고 더 이상 아무 말도 알아들을 수가 없었다.

수인의 방으로 돌아온 햇귀는 방바닥에 벌렁 드러누웠다. 푸른 달빛이 햇귀의 곱슬머리 속으로 파고들었다.

여긴 늑대들의 소굴이구나. 숨이 끊어질 때까지 쫓고 또 쫓는 늑대들이 이 시대를 점령하고 있었구나.

안 되겠다. 지금 당장 미래로 돌아가서 할머니를 깨워야겠다. 기억하고 싶지 않은 그날의 기억을 꼭 듣고 말 테다. 그래야 할머니를 구할 수 있으니까.

햇귀는 할머니를 구하지 못하면 자신이 죽을 것 같은 심정이 되었다. 하루코 방에 누워 있는 수인을 조용히 불러냈다.

"나 잠깐 다녀올게."

"미스터 오가 살던 시대로?"

햇귀가 고개를 끄덕이고 말을 이었다.

"반드시 다시 올 거야. 중요한 사실을 알아내야 하거든. 내가 다시 올 수 있으려면 수인이 벽장 안에서 노래를 불러 줘야 해. 그게 이 시간 여행의 조건이야. 할 수 있지?"

수인은 잠시 생각했다. 집이 북적거리고 손님치레가 잦아지면서 오시이레조차도 이제는 마음대로 드나들기 힘든 처지이지만. 그래도 미스터 오의 부탁이니까. 아주 작은 소리로라도 매일 노래를 부르겠노라고 약속했다.

19
- 햇귀의 시간 -

"헉!"

숨을 토하며 눈을 뜨니 오래된 이불 더미가 있는 벽장 속이었다.

태후가 바로 달려들 줄 알았는데, 벽장문을 부술 것처럼 흔들어 대던 태후는 사라졌다. 아니, 사라진 게 아니었다. 태후의 머리가 막 방문을 밀고 들어오는 참이었다.

"이 새끼가! 그거 안 내놔?"

과거에 다녀오면서 시간 사이에 틈이 벌어진 것이다.

나는 태후의 배를 머리로 들이받고 아래층으로 뛰어 내려갔다.

소파에 앉아 있던 선생님이 미간을 찡그리며 몸을 일으켰다.

"너 옷이…… 어떻게 된 거니?"

나는 티셔츠 대신 하루코가 미쓰코시 백화점에서 맞춰 준 흰색 와이셔츠를 입고 있었다. 정갈하지만 고풍스러운 느낌을 주는. 어쨌든 지금 옷이 중요한 게 아니다. 할머니를 당장 깨워야 한다. 열여섯 살 수인을 살리려면 알아내야 한다. 대체 끌려가던 날 무슨 일이 있었는지.

무작정 안방 문을 열려고 했다. 선생님이 내 팔을 잡았다.

"햇귀, 이리 와서 앉아 봐."

"선생님, 급해요. 급한 일이라고요."

"여기 앉아."

선생님은 단호했다.

깜빡하고 있었다. 과거에 다녀오기 전에 엄청난 오해가 있었다는 사실을.

"그 글, 제가 쓴 거 아니에요. 사진을 찍은 적도 없고요. 태후가 제 아이디를 도용했단 말이에요."

"뭐?"

언제나 푸근하던 선생님의 눈빛이 잠시 흔들렸다.

"다른 사람도 아니고 어떻게 네가 태후에게 그런 누명을 씌우니? 태후는 널 돕겠다고 이 봉사 활동도 일부러 지원했어."

숨이 턱 막혔다. 태후가 나를 돕는다고? 선생님 눈에는 우리 사이가 그렇게 보이나? 다른 사람의 시야만 벗어나면 내 목을 조르는 게 태후인데도?

나를 변호할 사람은 나뿐이다. 그런데 진실을 말해도 상대가 믿어 주지 않으면 그땐 어떻게 해야 하지?

"태후 휴대폰 한번 뒤져 보세요. 아마 이 집이랑 할머니랑 이것 저것 찍은 사진 나올걸요."

선생님의 얼굴이 시멘트 벽처럼 굳어졌다. 내 말은 그 벽에 맞고 튕겨 나왔다. 진실을 말하면 믿어 줄 줄 알았는데, 아니었다. 억울함에 눈물이 차올랐다. 머릿속이 뒤죽박죽되어 한마디도 더 할 수가 없었다.

"저는 그런 애가 아니라고요!"

나는 울면서 붉은 벽돌 이층집 대문 밖으로 뛰쳐나왔다.

경성에서 한 달 가까이 지내고 왔는데 서울은 여태 해도 지지 않았다. 흐르는 눈물을 닦을 생각도 하지 않고 계속 달렸다.

'이렇게는 살고 싶지 않아! 더는 당하고 싶지 않아!'

텅 빈 집이지만 그래도 반가웠다. 경성에서는 실컷 웃었고 서울로 돌아와서는 실컷 울었다. 찬물에 세수를 하고 멍하니 앉아 있다보니 생각이 명료해졌다.

예상대로 태후가 분량을 채우러 왔다. 내 방문을 열고 들어오면서부터 펀치를 날렸다. 웬일로 우민이는 보이지 않았다.

"원투 슉슉! 너, 선생님한테 뭐라고 했어? 꼰지르면 믿을 사람이 있을 줄 알고?"

"하지 마."

"뭐?"

"하지 말라고. 아프다."

내가 정색하고 말하자 태후가 조금 겸연쩍어했다. 역시 내 기분을 말로 표현하니까 알아듣는구나.

하지만 곧 퍽 소리와 함께 뒤통수가 얼얼해졌다.

"이게 까불고 있어. 죽을래?"

태후의 한 방에 잠시 별이 보였다. 나는 부글거리는 속을 차분히 가라앉혔다. 예전 같으면 맞고 나서도 어색하게 웃기부터 했을 거다. 이제 웃지 않는다. 내가 얻어터지는 상황이 전혀 웃기지 않으니까. 웃기지 않는데도 상대가 마음 상할까 봐 웃는 것은 정말 얼빠진 짓이다.

정성 들여 끓인 라면을 태후에게 바쳤다.

"이런 원목 식탁은 싫다니까. 어디선가 우리 엄마가 나타나서 '라면 금지!' '허리는 꼿꼿하게!' '씹을 땐 소리 내지 말고!' 이렇게 잔소리할 것 같단 말이지."

구시렁대면서도 태후는 일단 식탁 앞에 앉았다. 착 가라앉은 내 모습에 분위기를 좀 살피는 눈치였다.

후루룩 짭짭짭.

태후가 라면 먹는 소리는 진짜 요란하다. 평소 내 방 컴퓨터 모니터에 주황색 국물 자국을 남기는 이유이기도 하다.

"라면에서 오줌 냄새 안 나냐?"

내가 무심한 척 물었다. 태후가 젓가락을 탁 내려놨다.

"뭐?"

"아니야, 그냥."

"에이, 라면 맛 떨어지게!"

다시 젓가락을 집던 태후가 눈썹을 추켜세웠다.

"햇귀신, 이 밥풀때기 뭐야? 라면 그릇에 밥풀이 들러붙어 있잖
아."

"응, 아침 먹고 설거지 안 한 거야."

"뭐, 뭐라고?"

경악한 태후의 얼굴이 볼만했다. 벌써 반이나 먹어 놓고 유난 떨
기는.

"그, 그럼 이 젓가락은? 깨끗이 씻은 거야?"

"아니, 내가 쪽쪽 빨아 놨어. 사탕 먹고 난 다음이라 단맛 좀 묻
었을 텐데."

내 말에 태후가 젓가락을 식탁에 내던지고 괴성을 지르며 화장
실로 달려갔다.

"으악, 퉤퉤퉤!"

세면대의 물을 틀어 입을 헹구는 태후의 뒷모습. 한마디로 바보
같았다. 인기남 태후에게 저토록 지질한 면모가 있을 줄이야.

태후가 손의 물기를 닦고 나오며 씩씩거렸다. 한바탕 시작할 모
양이었다. 선수를 쳐야 했다. 나는 표정 없이 태후의 손부터 덥석

잡았다.

"내가 손금 봐 줄까? 나 손금 볼 줄 아는데."

손금 따위에는 관심도 없다. 어떤 운명을 타고났든 다른 사람의 인격을 짓밟는 녀석에게 해 줄 건 딱 한 가지다.

나는 입 속의 침을 있는 힘껏 그러모아 태후의 손바닥에 퉤하고 뱉었다.

"으아악! 너, 너 왜 이래! 미쳤어?"

"너도 나한테 싫은 짓 많이 했잖아. 참, 기다려 봐."

나는 코딱지를 후벼 태후의 손바닥에 정성껏 문질렀다.

"기분 어때? 좋으면 더 해 줄까?"

"너…… 너……!"

"난 재밌는데, 넌 싫은가 봐?"

폭력에는 가속도가 붙는다. 나도 모르는 힘에 이끌려 화장실로 돌진했다.

휴지통을 들고 태후에게 다가섰다. 태후는 티슈를 뽑아 미친 듯이 손바닥을 닦고 있었다. 내 입에서 연습하지도 않은 말들이 튀어나왔다.

"너 같은 쓰레기한텐 이게 딱 어울린다. 어때, 제대로 씌워 줄까?"

"이, 이런 또라이……."

"그만 가 줘. 여긴 우리 집이거든. 네 손금에 당장 여기서 꺼지지 않으면 똥 벼락을 맞을 운명이라고 쓰여 있어."

화장실 휴지통을 던질 듯 흔들어 대자 태후가 허옇게 질린 얼굴
로 슬금슬금 뒷걸음질 쳤다.

"너, 너, 두고 봐!"

신발도 제대로 못 신고 줄행랑치는 태후를 보니 허무할 지경이
었다.

'누구나 두려워하는 것이 있스므니다.'

유메의 말이 맞았다. 태후도 두려워하는 게 있었다. 더럽다고 생
각되는 모든 것. 그게 몸에 닿을까 봐 벌벌 떠는 아이가 태후였다.
그런 태후를 처음으로 물리쳤다. 나더러 또라이라고 했지만, 또라
이 취급을 받으면 어떠랴. 오늘은 내가 이겼다.

정신이 번쩍 들었다. 아까 하려던 일! 할머니에게 그날의 진실
을 들어야 한다.

붉은 벽돌 이층집으로 가는 길에 유메네 빵집부터 들렀다. 늑대
와 용감하게 싸운 이야기를 들려줄 사람은 유메뿐이다.

출입문에 하얀 종이 한 장이 붙어 있었다.

여름휴가 중입니다.

어쩐지 유메와 조금씩 엇갈리고 있다는 느낌을 지울 수 없었다.
'잘했어, 해키 꿍!'

칭찬받고 싶었는데. 웃음 끝에 패는 볼우물도 보고 싶었는데.

여름밤은 짧다. 짧은 밤사이에 벌어지는 일들은 오로지 달빛만이 안다.

푸른 달빛이 붉은 벽돌 이층집 지붕과 벽돌로 흘러내렸다. 서울과 경성의 늑대들을 떠올리며 잠깐 대문 앞에 서 있었다.

"학생, 뭐 또 놓고 갔나?"

초인종을 누르자 아주머니가 나왔다. 할머니가 잠이 들어서 절대 깨우면 안 된다고 했지만, 나는 잠든 모습이라도 보고 가겠다고 우겼다. 듣고 싶은 말이 아니라 꼭 할 말이 있어서 왔다고.

할머니는 웅크린 채 잠들어 있었다. 고약한 꿈을 꾸었는지 길게 꿰맨 흉터에 눈물이 고여 있었다. 그 위로 서늘한 눈매에 백옥 같은 피부를 지닌 열여섯 살 수인의 얼굴이 겹쳤다. 창경원에서 사람들에게 에워싸여 스타처럼 노래 부르던 모습이 떠올랐다. 가슴이 아렸다.

하쓰. 하나코. 할머니는 아직 수인이라는 이름으로 돌아오지 못한 것 아닐까? 이름을 온전히 되찾았다면 매일 밤 일본 군인들에게 쫓겨 다니지 않아도 되었을까?

인생은 수수께끼투성이다. 각자 수수께끼의 해답을 찾아가는 게 삶인지도 모르겠다. 나는 태후의 손아귀에서 놀아나는 이유가 수수께끼였다. 수인 할머니는 왜 강제로 위안부가 되었는지가 늘 수수께끼였다고 했다.

"할머니, 그건 할머니의 잘못이 아니었어요. 미친 늑대들이 날뛰는 시대였잖아요. 그 늑대들의 욕심이 너무 커서, 그래서 할머니가 나쁜 일을 당한 거예요. 할머니는 아무 잘못이 없다고요."

흉터에 고인 눈물을 닦아 주자 할머니가 눈을 떴다.

"할머니……."

"왜 또 왔어? 궁금한 게 있니?"

전에 없이 다정한 목소리였다. 할머니가 내 손을 잡았다. 나뭇등걸 같으면서도 따뜻했다.

나는 조심스레 그날의 일에 대해 물었다. 할머니의 눈동자가 미세하게 흔들렸지만, 전처럼 요동치지는 않았다.

"나는 속았어. 바보처럼 속아서 간 거야."

"그게 무슨 말씀이세요?"

"1942년 7월 10일이었지. 부산항에서 출발할 때만 해도 우리에겐 희망이 있었다구. 일본군 식당이나 군수 공장에 취직하는 줄로만 알고 있었거든. 우리는 팔팔하고 웃음 많은 10대 청춘들이었어. 두 달 동안 배 밑바닥에서 멀미를 하면서도 팔도 노래자랑 같은 걸 하면서 왁자지껄하게 지냈단 말이야. 그리고 나는 엄연히 바느질 선수로서 군수 공장에 스카우트되었으니까. 그런 줄로만 알고 경성에서 트럭에 오른 거라구."

이야기는 뜻밖의 방향으로 흘러갔다.

나는 눈을 감은 할머니를 바라보다가 뺨의 흉터를 한참이나 어루만졌다. 그 틈에 할머니는 잠이 들었다.

"열여섯 살 수인이를 제가 기억하고 있어요. 할머니를 꼭 구할
게요."

할머니가 꿈을 꾸듯 빙긋이 웃었다.

아주머니 모르게 2층으로 올라갔다.

벽장문을 닫고 시간 여행을 시작했다.

20
햇귀, 수인,
하루코의 시간

"또 아버지 얘기야? 경성의 소녀들을 꾀어다 위안부로 팔아넘길 거라고? 어처구니없어. 왜 다들 아버지를 못 잡아먹어서 안달이지? 아버지는 명예를 위해서는 목숨도 버릴 분이야. 소녀들을 파는 일 따위를 할 분이 아니라고."

하루코의 얼굴이 촛농처럼 하얗게 굳었다. 학교에서 괴롭힘당하는 것도 모자라 이제 집에서까지!

수인의 얼굴도 파랗게 질렸다. 자신의 미래가 강제 위안부라니!

이런 반응이 나올 거라고 예상하지 못한 바는 아니었지만 햇귀도 암담한 심정이었다. 수인만이라도 구하기 위해 진실을 털어놓았건만 결과는 혼란, 그 이상도 이하도 아니었다.

"내가 미래에서 직접 확인하고 온 얘기야. 그리고 얼마 전에 후지모토 상이 모사꾼들과 나누는 얘기도 다 들었어. 나도 미친놈 소리 들으면서까지 이러고 싶지 않다고. 하지만 하루코는 수인이를 언니처럼 아끼잖아. 그러니까 어떻게든 같이 구할 방도를 찾아보자. 후지모토 상을 설득하든지 아니면 다른 방법으로든지."

"아직 일어나지도 않은 일을 어떻게 막자는 거야? 그리고 아버지가 일부러 수인 상을 지옥으로 밀어 넣는단 말이야? 그런 소리를 하려거든 증거를 보여 줘!"

햇귀는 더 말을 잇지 못했다.

유메의 할머니가 그런 유언을 남긴 이유. 햇귀는 그 수수께끼의 답을 이제 알 것 같았다. 유메의 할머니, 그러니까 하루코는 수인이 사라진 후 위안부로 끌려간 사실을 알게 된 것이다. 짐승들의 소굴로 떨어진 수인을 생각하며 두고두고 마음이 아팠을 것이다. 하지만 평생 죄책감에 휩싸이느니 마치 그런 사실을 몰랐던 것처럼 살자고 마음먹었을 것이다. 혹은 그런 일이 애초에 일어나지 않았던 것처럼. 결국 임종이 가까워져서야 평생 감춰 두었던 미안함을 입 밖으로 꺼냈던 것이다. 어린 손녀에게만 비밀스럽게. 그건 참회도 아니고 사죄도 아니다. 그저 자기 위안의 의미가 있을 뿐이다.

지금 하루코가 아무것도 하지 않으면 유메는 평생 수수께끼를 짊어지게 된다. 하루코가 믿든 믿지 않든 진실을 덮을 수는 없다.

"내가 미래에서 왔다고. 그것만큼 확실한 증거가 어디 있어? 나는 타임머신의 태엽을 돌려서 과거로 온 거야. 이리 와 봐, 하루코."

햇귀가 하루코의 책상 서랍을 열었다. 그 안에 반짝이는 은빛 회중시계가 놓여 있었다. 그러나 햇귀가 주머니에서 빛바랜 회중시계를 꺼내 들자, 서랍 속 은빛 회중시계는 서서히 빛을 잃더니 어디론가 사라져 버렸다.

"내 시계에 무슨 짓을 한 거야, 미스터 오!"

"하나의 시계가 다른 두 시간대에 존재할 수는 있어도 같은 시간대의 두 공간에 동시에 존재할 수는 없어. 내가 무사히 미래로 돌아가면 하루코의 시계는 제자리로 돌아올 거야. 날 믿어도 좋아."

"순 거짓말."

하루코가 오시이레 문을 밀고 뛰쳐나갔다. 층계를 콩콩거리며 내려가는 소리에 초인종 소리가 겹쳤다.

"후지모토 상이 왜 이리 빨리 귀가했지? 왠지 불안해. 미스터 오, 알았으니까 얼른 미래로 돌아가, 얼른."

수인은 햇귀를 오시이레 안으로 도로 밀어 넣었다.

"나와 함께 미래로 가자."

햇귀가 소매를 붙들었지만, 수인은 고개를 저었다.

"지난번에 네가 편지를 건드는 바람에 내가 더 곤란해졌어."

"미래로 가는 건 완전히 다른 이야기야. 아예 이 세계를 탈출하는 거라고."

"미스터 오, 난 여기서 살아야 해. 부모님도 만나고 오빠도 만나고 큰아버지, 큰어머니, 고모도 다시 뵈어야 해. 나를 아는 모든 사람이 이 시대에 살고 있어. 아무도 모르는 곳으로 가서 무얼 하며 지낼 수 있단 말이야?"

하지만…… 이 시대에 남으면 넌 영원히 노래를 부를 수 없다고. 그리고 지옥을 경험할 거라고.

햇귀의 가슴이 터져 버릴 것만 같았다. 하나의 방법을 생각해 내면 다른 데서 막히고, 그게 해결될 기미가 보이면 또다시 새로운 문제에 직면한다. 과거의 일을 바꾸기가 이렇게 어려울 줄은 몰랐다.

수인만이라도 구하자. 경성에서 끌려갈 모든 소녀들을 대신해서 수인이라도 구하자. 그런 마음으로 모든 이야기를 털어놓았건만, 진실을 말하는 것과 진실을 믿게 하는 것은 전혀 별개의 문제였다. 시간 여행을 하면 뭔가 대단한 일이라도 할 수 있을 줄 알았다. 하지만 마음대로 되는 게 하나도 없잖아. 중력이나 여러 물리 법칙이 작용하지 않는 꿈속과 다를 게 뭐야.

햇귀는 체념마저 들었다.

"내가 할 수 있는 건 여기까지야. 이제 선택은…… 여기 남은 사람들의 몫인 거야."

햇귀는 결심한 듯 수인과 인사를 나누고 오시이레 문을 닫았다.

회중시계 태엽을 감았다. 아니, 감으려고 했다.

"앗! 어떡해!"

긴장해서 너무 힘을 준 탓에 태엽이 빠져 버리고 말았다. 햇귀의 얼굴이 새하얗게 질렸다.

층계 아래가 소란스러웠다. 쿵쾅거리는 발소리가 들리더니 곧 오시이레 문이 벌컥 열렸다. 후지모토가 얼음처럼 차가운 얼굴로 햇귀를 내려다보았다.

"아버지, 저 사람이에요. 미래에서 왔네 어쩌네, 순 거짓말을 늘어놓으며 도둑 기거를 했다고요."

"감히 내 집에 사기꾼이!"

햇귀가 덜덜 떠는 사이 후지모토는 응접실로 내려가 수화기를 들었다.

"종로 경찰서 고등계 부탁합니다. 아, 우리 집에 조센진이 하나 숨어들었습니다. 당장 와서 잡아가시오."

후지모토는 전화를 끊으려다 한마디 덧붙였다.

"불령선인* 패거리인 것 같으니 철저히 조사해야 할 것이오."

그사이에 수인이 2층으로 뛰어 올라왔다.

"어떻게 된 거야, 왜 못 돌아갔어?"

---

* **불령선인** 불온하고 불량한 조선 사람이라는 뜻으로 일본인이 자기 말에 따르지 않는 이들을 일컫던 말.

"시계태엽이 빠져 버렸어. 태엽을 감아야 미래로 돌아갈 수 있는데!"

그 말에 수인도 발을 동동 굴렀다. 시계 수리공을 당장 어디에서 찾는담!

후지모토가 전화를 건 지 십 분도 채 되지 않아 누런 제복을 입은 경찰들이 들이닥쳤다. 햇귀는 대문 밖으로 끌려 나갔다.

"이거 놔요! 놓으란 말이에요!"

햇귀의 외침은 금세 자동차 엔진 소음에 묻혔다.

*

무겁디무거운 모래주머니가 눈꺼풀을 누르는 것만 같았다. 몸이 축축하고 오슬오슬 떨렸다. 물에 빠졌다 나온 것 같기도 하고 아직 물속에 잠겨 있는 것 같기도 했다.

뺨에서 불이 번쩍 났다.

"독립 자금을 걷으러 왔지? 누구의 사주를 받았나? 어서 이름을 대!"

아까는 일본인 경찰, 이번에는 한국인 경찰이었다.

독립 자금이라니!

햇귀는 자신을 과대평가하는 경찰들에게 박수라도 쳐 주고 싶은 심정이었다.

"나는 독립운동에 기여한 바라고는 한 개도 없는 중학생일 뿐이에요. 독립 운동가 이름도 제대로 모른다고요."

중얼거리는 햇귀의 뺨에 또 한 번 불이 번쩍 났다.

"이거 아주 악질이구먼. 더 이상 말로 해선 안 되겠어."

경찰이 이빨 사이로 침을 찍 뱉었다. 햇귀의 뺨에 진득한 침이 달라붙었다.

태후라면 더러운 침이 묻었다며 펄쩍펄쩍 뛰었을 것이다. 그런 상상을 하니 오히려 웃음이 났다.

옆방에서 죽을 듯한 비명이 들렸다.

"저 소리 들리나? 너도 곧 못이 촘촘히 박힌 관 속에 들어가게 될 것이다. 오늘따라 차례가 밀렸으니 내일 아침에 기필코 지옥을 맛보게 해 주지."

햇귀는 이미 산 채로 관 속에 들어온 기분이었다.

점점 의식이 희미해졌다. 모든 시간이 멈추는 순간이 오는지도 몰랐다.

*

그 시각 경찰서 1층에 하인 하나가 고등계 주임을 찾아왔다.

"여기 잡혀 오신 분은 후지모토 상의 영애 하루코 양에게 영어를 가르치는 고매한 선생님입니다. 오해가 있었다며 어서 모시고 오라는 후지모토 상의 분부입니다."

고등계 주임 기무라는 확인차 후지모토 상의 집으로 전화를 걸었다.

"모시모시."

응접실에서 대기하고 있던 하루코가 전화를 받았다.

"종로 경찰서 고등계 기무라 주임입니다. 후지모토 상 부탁합니다."

"아버지는 지금 목욕 중이십니다. 저는 딸 하루코라고 합니다만."

"저희가 신문 중인 미스터 오라는 사람이 하루코 양의 영어 선생이라는 게 사실입니까?"

"네, 맞습니다. 아오야마 학원을 우수한 성적으로 졸업하고 아메리카에 유학까지 다녀온 분입니다. 영어 발음을 들어 보면 아실 겁니다."

"오해였던 것이 확실합니까?"

"네, 아버지가 저희 집 하인을 보냈을 텐데요. 아버지가 목욕 중일 때는 저의 할아버지이신 경성 부회 부회장 오노 상조차도 방해하지 못한답니다. 그러니 영어 선생님을 얼른 돌려보내 주세요."

기무라 주임은 석연찮은 얼굴로 햇귀를 풀어 주었다. 불령선인으로 신고한 자를 갑자기 풀어 달라니, 어쩐지 후지모토 상답지 않았던 것이다.

햇귀를 실은 인력거는 빠른 속도로 종로 경찰서 앞을 떠나 안국동 네거리에서 조계사 쪽으로 방향을 틀었다. 인력거를 끌던 남자는 좁은 골목에 있는 상점 뒤뜰로 들어가 대기하고 있던 수레에 햇귀를 옮겨 실었다. 수레 옆에는 책들이 잔뜩 쌓여 있었다. 햇귀는 자신을 태운 남자의 얼굴도 제대로 못 봤지만 시키는 대로 거적을 덮고 누웠다.

"젊은 양반, 회중시계를 줘요. 빨리."

걸걸하고도 단호한 목소리였다. 햇귀는 간신히 팔을 움직여 바지 주머니 속의 회중시계를 꺼냈다.

"시계를 수리해 올 동안 여기 꼼짝 말고 있어요. 수인이가 자정 넘어 온다고 했으니까."

어차피 꼼짝할 수도 없는 상태였다. 온몸이 욱신거렸다. 태후가 없는 곳에서도 이렇게 얻어터질 수 있다니 놀랄 노 자였다. 뭐가 어떻게 돌아가는지 몰라도 거적 아래에 숨어 있으면 안전하리라고 믿을 수밖에 없었다.

여름밤의 눅눅한 공기가 햇귀의 콧속을 비집고 들어가 폐를 데웠다. 숨쉬기가 힘들었다. 피 냄새를 맡은 모기들이 앵앵거리며 달려들었다. 경성의 모기떼는 거적 정도는 우습게 비집고 들어올 만큼 생명력이 강했다.

과거로의 시간 여행이 어쩐지 수월하다 싶었다. 한 번 오갈 때마다 몸이 축나지도 않았고 현실이 바뀌지도 않았다. 그런데 마지막에 죽음의 문턱을 밟을 줄이야.

'다 내가 초래한 일인걸. 누구도 탓할 수 없어.'

햇귀는 괴로워도 몸부림칠 수조차 없는 상황에 이를 악물었다.

밤이슬이 한참 내리고 나서야 멀리서 발걸음 소리가 들려왔다.

"미스터 오, 좀 괜찮니?"

수인이었다. 햇귀를 거적에서 끌어내 처마 밑에 앉히고는 삶은 감자와 소금을 건넸다. 햇귀는 감자를 소금에 찍어 허겁지겁 베어 물었다. 요기를 하고 나니 숨쉬기도 한결 편해진 것 같았다.

"한씨 아자씨가 곧 시계를 고쳐 올 거야. 아자씨 친구 중에 남대문에서 시계 수리공 하는 이가 있다시거든."

햇귀는 다시 짐수레에 누웠다.

잠시 후 누군가 발소리를 죽이며 다가왔다. 아까의 그 걸걸하고도 단호한 목소리가 말했다.

"원래 태엽은 부러져서 다시 끼울 수가 없다더라. 그 대신 비슷한 크기의 태엽으로 갈아 끼웠다니까 일단 시간은 갈 게야."

"고맙습니다, 아자씨. 이 은혜는 꼭 갚을게요."

수인의 인사에 햇귀의 한쪽 가슴이 아렸다. 인사는 자신이 해야 하는데.

햇귀가 풀려난 후 경찰서에서 걸려 온 확인 전화를 받고 후지모토가 불같이 화를 냈다고 했다. 하루코에게 다시 한 번 그런 장난을 했다가는 곧바로 간호부 옷을 입혀 전장으로 보내 버리겠다고 으름장을 놓았다는 것이다. 생전 처음 후지모토에게 심한 호통을 들은 하루코는 너무 놀라 방에서 이불을 뒤집어쓰고 우는 중이라 했다. 종로 경찰서 기무라 주임은 주임대로 후지모토에게 혼란을 일으킨 책임을 묻겠다고 했다니, 그야말로 한바탕 난리가 난 셈이었다.

수인도 간신히 빠져나온 길이었다. 후지모토는 총독부 정무총감과 함께 원산으로 원정 골프를 갈 예정이었다. 그 틈을 타 햇귀를 집으로 들이기로 했다. 수인은 한씨 아저씨와 시간 약속을 하고 먼저 집으로 돌아갔다.

새벽녘에 짐수레가 덜컹하며 움직이기 시작했다. 종로통으로 나가 광화문 네거리에 이르러 우회전했다. 총독부를 지나 맹학교 앞 네거리까지 최대한 속도를 냈다.

"거기 잠깐!"

순찰을 돌던 경찰이 수레를 세웠다.

거적 밑에 누워 있던 햇귀는 심장이 멎는 줄 알았다. 이제야말로 진짜 죽었구나. 다시 경찰서로 끌려가면 못이 박힌 관에 갇혀 피를 철철 흘리며 죽고 말겠지.

"거 무슨 짐이요?"

경찰이 의심 가득한 목소리로 묻자 한씨 아저씨가 호쾌하게 대답했다.

"송장이오. 공사판에서 막노동하는 인부인데 어젯밤 불량배들한테 맞아서 그만 세상을 떴습니다. 한번 보실라우?"

한씨 아저씨가 거적을 슬쩍 들어 올리려 하자 경찰이 손사래를
쳤다.

"얼른 가시오. 새벽부터 재수 없게 송장을 만났네, 퉤!"

"예예, 그럼 수고하시우."

한씨 아저씨가 짐수레를 끌고 달렸다.

수인이 대문 앞에서 이제나저제나 짐수레를 기다리고 있었다.

"후지모토 상은 삼십 분 전에 나갔어요. 어서 안으로 들어가요."

햇귀는 두 사람의 부축을 받아 층계를 한 칸 한 칸 기다시피 올랐
다. 수인의 방으로 들어섰다. 창가에서 하루코가 손톱을 물어뜯으
며 서 있었다. 스며드는 새벽빛에 하루코의 얼굴이 창백해 보였다.

한씨 아저씨는 수레를 치우러 먼저 내려가고, 방에는 다시 세 사
람만 남았다.

"하루코, 왜 나를 도와주었어?"

햇귀가 목이 메어 물었다. 어제는 하루코의 돌발 행동 때문에 잡
혀 들어갔고, 오늘은 하루코 덕에 풀려났다. 여자의 마음은 갈대와
같다더니, 틀린 말이 아니었다.

"어제 일은 미안해. 다들 아버지를 나쁘게 말하니까 도무지 감
당할 수가 없었어. 내가 아는 아버지는 조선과 일본 제국을 위해
밤낮없이 일하는 관리일 뿐인데. 하지만 미스터 오의 말이 사실인
지 아닌지는 나중에 알아보면 되니까……."

나중에 알아본다는 말이 무슨 의미인지 햇귀는 물어볼 기운조차 없었다.

　'마지막 인사를 어떻게 해야 하지?'

　세 사람 모두 같은 고민을 하고 있었다.

　"미스터 오, 목욕물 부을 때 도와줘서 고마워. 그리고 전차에서 내 귀를 막아 준 것도 고마워."

　수인이 먼저 입을 열었다.

　"미스터 오, 당신은 키는 작지만 마음이 큰 남자야. 내 가슴속에 당신을 간직할게. 영원히."

　하루코의 눈시울이 붉어졌다. 처음 햇귀를 만났을 때처럼.

　"고마워. 이제부터 나도 있는 힘껏 살아 볼게. 도망 다니지 않고."

　오시이레 문이 닫혔다.

　햇귀의 손에 회중시계가 있다. 태엽이 바뀌어서 어쩌면 타임머신 효과가 사라졌을지도 모른다. 하지만 달리 선택의 여지가 없다.

　햇귀가 회중시계의 태엽을 감기 시작했다. 손끝에 겨우겨우 힘을 주었다.

　끄그극. 끄그극.

　태엽이 또 한 번 부러지면 그때는 정말 끝이다.

　움직이기 힘든 입술을 달싹여 주문을 외웠다.

　"Race the clock, Race the clock……."

녹진한 오시이레 안으로 한 줄기 바람이 불어 들었다. 온몸이 빙글빙글 돌며 무한대의 우주로 빨려가는 듯했다. 햇귀는 그대로 몸을 내맡겼다.

그 와중에 졸음이 개미 떼처럼 몰려왔다. 개미들이 온몸을 덮고 드디어 눈꺼풀까지 빈틈없이 덮어 버리자 햇귀는 정신을 잃었다.

꿈인지 현실인지 머릿속으로 수많은 영상과 생각이 밀려들어 왔다. 머리가 달아올라서 용광로가 되어 버린 것 같았다.

아빠가 보고 싶었다. 초등학교 2학년 때 아빠가 모는 지하철 기관실에 탄 일이 있었다. 지하철은 어둠을 헤치고 나아갔다. 무엇이 튀어나올지 모르는 어둠과 가장 먼저 대면한다는 건 무서운 일이었다. 컴컴한 어둠이 단단한 벽처럼 보이기도 했다. 금세라도 쾅, 부딪칠 것 같은 불안감에 휩싸였다. 그러다 갑자기 밝은 빛이 쏟아졌다. 눈앞이 순간적으로 하얘지더니 곧 창밖으로 지상의 풍경이 펼쳐졌다. 지하철이 지하에서 지상으로 올라가던 순간 아빠가 말했다.

"어둠 속에서 만난 햇살은 특별한 거야. 너도 이 세상에 그토록 특별한 존재란다. 네 이름처럼."

아빠의 말이 개미들 사이로 메아리처럼 울렸다. 심장 귀퉁이에 박혔던 얼음 한 조각이 사르르 녹는 느낌이었다. 아빠의 보상금이 든 통장을 보고 울던 엄마. 식탁에 놓여 있던 엄마의 알바 통장. 큼직한 쓰레기봉투를 카페 밖으로 질질 끌어내던 엄마의 뒷모습. 노란 바구니에 빵을 썰어 담는 유메. 유메의 볼우물과 하얀 덧니. 그리고 많은 사람 앞에서 노래하는 열여섯 살 수인이.

햇귀는 더 이상 도망치고 싶은 마음이 없었다.

21
- 햇귀의 시간 -

귀가 먹먹했다. 세상의 모든 소리가 진공으로 빨려 들어간 듯 사위가 고요했다. 아직 과거일까, 아니면 현재로 돌아왔을까?

이불 더미에서 기어 내려와 바닥을 더듬었다.

네모나고 얇은 금속 물체가 손에 잡혔다.

휴대폰이다!

벽장문을 활짝 열었다. 따가운 여름 햇살이 방바닥과 벽을 습격하고 있었다. 과거로 여행을 떠나기 전 시간과 지금 이 시간 사이에 또 틈이 벌어진 건지, 아니면 벽장에서 한동안 잠이 들었던 건지 불확실했다. 중요한 건 '돌아왔다'는 사실이다.

제대로 걷기가 힘들었다. 비척비척 붉은 벽돌 이층집 대문을 나서서 골목을 내려갔다. 반가운 경복궁역이 보였다. 난간을 붙들고 한 발 한 발 계단을 내려가는데, 입에서 실실 웃음이 새어 나왔다. 사람들이 흘깃거렸다.

"학생, 어디 아파? 병원에 가 봐야 하는 거 아니야?"

아주머니 한 분이 다가와 말을 걸었다. 나는 괜찮다는 표현으로 한 번 더 웃어 보였다. 그게 웃음으로 보일지 울음으로 보일지는 알 수 없었지만.

집은 여전히 텅 비어 있었다. 엄마의 화장대에 놓인 액자를 들어 보았다. 아빠와 찍은 결혼사진이 그대로였다. 유리에 실금 하나 가 있지 않았다. 그러니까 나는 전과 다름없이 엄마, 아빠의 자식으로 태어나 살고 있는 거다.

거울에 비친 내 모습은 열여섯 살 오햇귀 그대로였다. 작은 키에 곱슬머리. 안심이었다. 안경 너머 눈빛 속에 산전수전 다 겪은 또 다른 내가 서 있는 것 같기도 했다.

태후와 우민이는 나와 같은 반일까? 여전히 늑대 같은 짓을 하고 다닐까? 내가 시간 여행을 다녀왔대도 그 애들을 바꿀 수는 없다. 변화할 수 있는 건 오로지 나 자신뿐이다. 내가 아직도 태후의 은밀한 빵 셔틀이라면, 그 일에서 벗어나는 것도 내 몫이리라. 늑대는 어디에나 있고 도망쳐도 또 만나게 되니까.

잠 속으로 빠져들었다.

늑대도 꿈도 없는 암흑 같은 잠을 잤다.

22
수인의 시간

자리에 누워 지낸 지 한참 되었다. 내 몸이 점점 내 몸 같지 않다.

침대 가장자리에는 온갖 약물과 영양제가 든 유리병이 주렁주렁 매달려 있다. 내 팔에 꽂힌 주삿바늘로 약물이 흘러 들어온다. 그 덕에 이렇게 숨 쉬고 있는 것이다.

이따금 나를 둘러싼 공기가 미세하게 바뀐 기분이 든다. 열린 창으로 초여름 아침 바람이 불어 든다든지 어항의 물을 새로 간다든지 할 때 느끼는 그런 기분이다.

누워 지내면서 할 수 있는 일이라고는 지나간 기억들을 되새겨 보는 것뿐이다.

내 꿈은 가수였다. 눈물의 여왕 전옥이나 가수왕 왕수복만큼 유명해지지는 못했다. 하지만 순회 극단에서 막간 가수로 한동안 인기를 끌었다. 본 연극보다는 막간 아가씨를 보려고 공연장을 찾는 관객들이 있을 정도였다.

극단에서 남편을 만났다. 고음이 청량한 가수였는데 내 생일 때면 꽃창포 다발을 선물하곤 했다. 나는 그에게 마음을 빼앗겨서 결혼까지 하게 되었다. 한국전쟁 통에 남편을 잃었지만, 여름날 남편과 연못가를 거닐며 설레었던 추억을 곱씹으면서 힘든 시절을 견뎌 낼 수 있었다.

나는 장사를 열심히 했다. 해방 후에 숯장수부터 시작해서 채소 장수, 과일 장수를 하다가 돈이 조금 모여서는 국밥집을 열었다. 근처에 관공서가 있어서 수입이 꽤 좋았다. 남매를 다 대학에 보내고 집 몇 채를 사도 남을 만큼 큰돈을 벌었다. 생활이 풍족해지면서 내 꿈은 '키 큰 양반'으로 바뀌었다. 노래는 원 없이 불렀으니 이제 도움의 손길을 간절히 기다리는 이들에게 키 큰 양반이 되어 줄 차례였다. 장학 재단을 세워 형편이 어려운 대학생들이 무사히 공부를 마칠 수 있도록 도와주었다. 책 장수 한씨 아저씨가 신문에 연재된 소설 『여학생 일기』를 주지 않았다면 나에게 두 번째 꿈은 없었을 것이다. 꿈을 이루는 길은 하나가 아니라던 아저씨의 말이 맞았다.

천국과 지옥의 갈림길에 섰던 기억도 난다.

그날 아침, 일꾼복으로 갈아입고 있을 때였다. 하루코가 슬픈 얼굴로 내 방에 뛰어들었다.

"오네상, 오네상."

하루코가 내게 안기며 어리광을 부렸다. 이상한 꿈을 꾸었다고
했다.

"내가 바다 위에 둥둥 떠 있는 거야. 그런데 어느 순간 섬에서 살
고 있더라고. 그곳은 아름다운 섬이었어. 무지개색 깃털이 난 새들
이 무리 지어 날았고, 섬 둘레에 야자수가 심어져 있었어. 섬에는
나 혼자뿐인 것 같았어. 갑자기 외로움이 밀려와서 '오토상! 오카
상!' 하고 소리쳐 보았지만 메아리조차 돌아오지 않았어. 그래도
묘하게 마음은 편안했어. 수인 상도 그 섬에 같이 갔더라면 좋았을
걸."

꿈 이야기 같은 걸 오래 들어 줄 시간은 없었다. 나는 삼 년의 계
약 기간을 이행해야 할 식모였으니까. 비록 나 자신의 동의를 받지
않은 일방적인 계약이기는 했지만.

아침 식탁에서 후지모토 상이 전에 없이 부드러운 미소를 띠
었다.

"하루코, 지난번에는 내가 공연히 네게 화를 냈구나. 앞으로는
수인에게도 좋은 태도로 대하마."

하루코의 얼굴이 단박에 환해졌다.

"수인을 위해 선물을 하나 준비했다."

후지모토 상이 나에게 가까이 오라고 손짓했다. 내 손에 쥐여 준

것은 '레코드 실연(實演)의 밤' 관람 티켓이었다. 조선의 난다 긴다 하는 명가수들이 총출동하는 자리라고 했다. 너무 기뻐서 그 자리에서 펄쩍 뛰어오를 뻔했다.

"생일 축하해, 수인 상."

하루코의 인사말을 듣고 나서야 그날이 내 생일인 걸 깨달았다. 하루코는 자신이 가진 원피스 가운데 세일러복 하나를 내게 선물했다. 레코드 실연의 밤에 입고 가라는 것이었다. 후지모토 상도 흔쾌히 동의했다.

후지모토 상이 내게 주의할 점을 알려 주었다.

"공연이 끝나면 걸어오지 말고 효자정행 전차를 타라. 차삯값은 내가 주겠다. 밤길이 위험하니까 전차를 타고 큰길로 와야 해. 네 생일이라 여러모로 특별히 신경 써 주는 거다."

세일러복을 입고 거울 앞에 선 내 모습이 퍽 마음에 들었다. 하루코처럼 단발머리를 해서인지 영락없는 여학생 같았다.

저녁 7시가 되기 전에 태평통*에 있는 부민관에 도착했다. 공연 시작 삼십 분 전이었는데도 발 디딜 틈이 없었다. 그래도 내가 지나가면 사람들이 친절하게 길을 터 주었다. 나는 여학생이 된 기분을 만끽하며 맨 앞자리 중앙에 앉았다.

꿈의 무대가 눈앞에 펼쳐졌다. 김해송과 박향림이 듀엣을 하고

---

* **태평통** 오늘날 서울 중구 세종대로 일대. 부민관과 경성 부청 등 문화, 행정 시설들이 있었다.

그다음에 선우일선이 나와서 「꽃을 잡고」를 불렀다. 나는 김해송을 좋아했지만 그날만은 선우일선이 나왔을 때 더 기뻤다. 아버지를 생각하면서 약간은 울렁거리는 마음으로 노래를 들었다.

공연이 끝난 다음 후지모토 상이 시킨 대로 효자정행 전차를 탔다. 동양 척식 주식회사 관사 앞에서 많은 사람이 내렸고 종점에서 내린 건 나뿐이었다.

큰길 정류장에서 길을 건너려는데 뒤에서 조선말로 "학생!" 하고 부르는 소리가 들렸다. 나는 알아채지 못하고 발걸음을 계속했다. 뒤에서 또 "학생!" 하고 불렀다.

돌아보니 고급 양복을 빼입고 번쩍이는 가죽 구두를 신은 남자였다.

"공부를 퍽 잘하게 생긴 여학생이로군. 이렇게 늦게 다니면 부모님이 걱정하시지 않나?"

나는 '학생'이라는 호칭과 부모님 이야기에 그만 경계심을 풀고 말았다.

"저는 학교에 안 다녀요. 그리고 오늘 밤은 특별한 일이 있어 잠깐 나온 거예요."

내 말에 남자는 알았다며 어서 집에 들어가라고 했다.

몇 발자국 갔을까? 남자가 뒤에서 또 부르는 것이었다.

"이거 참, 똘똘해 보이는 아가씨가 학교에 안 다닌다니…… 돈을 벌면서 공부도 할 수 있는 기회가 있는데, 말 않고 가려니까 영죄짓는 기분일세. 학생, 바느질 잘하나?"

바느질은 자신 있다고 냉큼 대답했다.

"북지나와 태평양에서 황군이 전쟁을 치르는 건 알고 있지? 군수품이 어마어마하게 필요해서 공장에 취직할 여학생들을 모집하고 있단다. 싱가포르에 있는 군수 공장에 취직하면 기숙사 딸린 학교에서 무료로 공부도 할 수 있어."

솔깃한 제안이었다. 하지만 아직 재봉틀은 못 배웠다고 말했더니, 재봉틀이야 공장에 취직한 다음에 배워도 늦지 않는다며 거듭 권하는 것이었다. 바느질 솜씨가 좋은 사람이 고용 1순위라고 했다.

"내일 가면 안 될까요? 제가 말도 없이 사라져 버리면 걱정할 텐데. 옷가지도 챙겨야 하고요."

"옷이야 공장에 가면 얼마든지 있고, 집에는 공장에서 연락해 줄 것이니 걱정할 게 없단다. 부산항에서 배를 타려면 더 이상 지체할 시간이 없는데……. 길모퉁이 트럭에 다들 모여서 마지막 한 사람을 기다리고 있으니 지금 가자꾸나."

나는 갈등에 휩싸였다. 눈을 희번덕거리는 남자를 조심하고 낯선 트럭에 절대 타면 안 된다고 말해 준 사람이 있었기 때문이다. 따라나섰다가는 평생 악몽에 시달리게 될 거라고 했다. 그럼에도 불구하고 굉장한 기회를 놓치는 게 아닌가 조바심이 났다. 하루코가 다니는 학교 풍경과 교복을 입고 지나가던 여학생들이 눈앞에 어른거렸다.

'공부도 하고 싶고 돈도 벌고 싶어. 이런 기회는 흔치 않아. 게다가 이 아저씨는 인상도 무척 좋아 보이는걸. 나쁜 일을 꾸밀 사람 같지는 않아. 만에 하나 예상치 못한 일이 닥치더라도 정신만 바짝 차리면 돼.'

결국 내 마음이 움직였다.

막 그 남자를 따라가려고 할 때였다. 골목에서 누군가 가로등을 등지고 나타났다.

"하루코 상! 이렇게 늦게 어디 다녀오는 겁니까? 후지모토 상이 기다리시잖아요."

나더러 하루코라고 부르는 사람은 다름 아닌 하루코였다.

"무슨 소리야⋯⋯."

내가 더 말을 잇기도 전에 하루코가 내 등을 떠밀었다.

"어서 집으로 가 보세요. 하루코 상 앞으로 편지도 와 있어요."

남자는 당황하는 눈치였다. 세일러복을 입은 단발머리 여자애가 둘이었다. 어느 쪽이 하루코이고, 어느 쪽이 수인인지 가늠해 보는 눈치였다.

"그럼 네가 수인이니? 후지모토 상 댁에서 일하는?"

"제 이름을 어떻게 아세요? 그리고 황국의 신민이 왜 국어를 두고 조선말을 쓰죠? 저의 주인어른 후지모토 상이 아시면 큰일 날 일이네요. 아저씨가 하는 얘기는 저쪽에서 다 들었어요. 월급은 얼마나 받나요?"

하루코가 일본어로 물었다.

"뭐 사람마다 다르지만 10원 이상은 받을 게다."

남자는 얼결에 일본어로 대화를 이어 갔다. 나는 이 연극을 어떻게 받아들여야 할지 몰라 돌처럼 굳어 있었다.

"참, 하루코 상 이거 받아요. 할아버지가 선물로 주신 건데 늘 지니고 다녀야죠."

멀뚱히 서 있는 내게 하루코가 내민 것은 은빛 회중시계였다. 머뭇거리자 하루코가 내 손에 회중시계를 쥐여 주고 한쪽 눈을 찡긋했다. 하루코에게는 세상의 모든 일이 모험이자 즐거운 장난인 것 같았다.

얼떨떨해하는 사이, 하루코는 남자를 따라 어둠 저편으로 사라졌다. 모험을 떠나는 소설 속 주인공처럼 당당한 걸음걸이였다.

멀리서 트럭 시동 소리가 들려왔다. 나는 귀신에 홀린 듯 한참이나 어둠 저편을 노려보고 서 있었다. 불현듯 정신이 들어 급히 쫓아가 보았지만 트럭은 이미 떠난 뒤였다.

집에는 아무도 없었다. 하루코의 방도 당연히 비어 있었다.

내 방 옷 보따리 위에 편지가 있었다. 하루코가 남긴 편지였다.

내가 직접 증명해 보이겠어.

미스터 오가 했던 말이 사실인지 아닌지.

아버지가 경성의 소녀들을 꾀어다 위안부로 팔아넘긴다는 그

말. 아버지처럼 명예를 중시하는 분이 어린 소녀들을 잡아다가 집단 위안소에 넘기는 짓 따위 할 리가 없잖아. 분명 직업적으로 몸을 파는 여자들이 자원해서 갈 텐데. 일본에 전통적으로 그런 여자들이 있어 왔으니까.

내 걱정은 하지 마. 만약 위험한 일이 생기면 내가 누구인지 밝히기만 하면 될 테니까.

곧 돌아올 거야.

오네상은 오늘 밤 멀리 도망가. 멀리 멀리로.

하루코는 대체 어쩌려고 이런 연극을 꾸민 것인가.

편지를 쥔 손이 덜덜 떨렸다. 밤새 오시이레 안에서 숨죽이고 있었다. 누군가 나를 찾으려고 마음만 먹는다면 오시이레 문 따위는 금세 부숴 버릴 수 있을 것이었다. 다행인 것은 후지모토 상이 어제 총독부 고위 관리들과 원산으로 여행을 떠났다는 사실이었다. 노리코 상은 대구 친정에서 내일 저녁에나 올라올 예정이었다.

어둠은 견고한 바위처럼 꿈쩍도 하지 않다가 서서히 흩어졌다. 동이 트기가 무섭게 옷 보따리를 들고 종로통으로 달려갔다. 부립도서관 정문 근처에서 무작정 한씨 아저씨를 기다렸다.

여름날의 아침은 시간이 더디 갔다. 정문을 지키고 있는 수위가 수상하다는 듯 나를 힐끔거렸다.

"아자씨, 아자씨!"

한씨 아저씨가 드디어 모습을 드러내자 나는 눈물부터 나왔다.

"수인이 아니냐? 무슨 일이냐!"

나는 길모퉁이로 가서 자초지종을 빠르게 설명했다. 당장이라도 경찰서에서 잡으러 올까 봐 오금이 저렸다.

"걱정 말아라. 그 늑대 같은 놈들에게 너는 이미 배를 탄 사람일 거다. 그 집 부모가 돌아오면 하루코는 아마도 원인 모를 실종으로 신고가 들어가겠지."

그날로 죽첨정 아저씨의 집에서 지내게 되었다. 신문이 가득 쌓인 지하실 한쪽에 작은 방을 만들었다. 아저씨의 부인은 나를 친딸처럼 대해 주었다. 아들 둘을 멀리 일본 광산으로 징용 보내고 적적하던 터에 귀한 딸이 들어왔다며 기뻐했다.

고향 집에는 아무런 소식도 전할 수 없었다. 혹여 경찰들이 나의 행방을 찾아내라며 어머니를 괴롭힐 것 같아서였다.

밤이면 내 이불을 파고들던 하루코가 떠올랐다. 장난기 많은 하루코는 아마 부산항도 못 미쳐 깔깔거리며 트럭에서 내려 달라고 요구했을 것이다. 집에 돌아와서는 여전히 이상한 병에 걸린 환자 행세를 하며 훌쩍이고 있을까? 하루코와 탁자를 사이에 두고 마주 앉아 양과자를 갉아 먹으며 「청춘 계급」을 들어야 하는데…….

하루코의 열광적인 박수를 받으며 노래 부르던 오시이레의 나무 냄새가 그리웠다. 귓불에 닿던 하루코의 따뜻한 숨결도. 어느 새벽꿈에 하루코를 만났다. 우리는 야자수가 아름다운 섬 이곳저

곳을 맨발로 뛰어다녔다. 전에 하루코가 꿈에서 보았다는 그 섬인 것 같았다. 둘이서 즐거운 시간을 보낸 것 같은데 잠에서 깨어 보니 내 눈가에 눈물방울이 맺혀 있었다.

작열하던 뙤약볕이 미세하게 식어 가는 8월 하순이었다.

한씨 아저씨가 지하실 계단을 내려오면서부터 혀를 끌끌 찼다. 신문지 한 조각을 내게 흔들어 보였다.

"너는 꼭 알아야 할 것 같아서 몰래 찢어 왔다."

못다 핀 청춘의 비극적 자살!

지난 8월 7일의 참사. 총독부 세무 감독국장의 딸 하루코 양이 버마행 군용선에서 바다로 떨어졌다. 버마에 아무런 연고도 없는 하루코 양이 그 배에 탄 이유를 도무지 알 수가 없다고. 아버지인 후지모토 국장은 딸을 찾기 위해 경찰들을 급파했으나 이미 늦어. 딸의 유서를 받은 후지모토 국장은 식음을 전폐하고 앓아누운 지 일주일이나 되었으며 눈물로 하루하루를 보내고 있다 한다.

여름 날씨에 한기를 느낄 틈이 없는데도 몸이 부들부들 떨렸다. 믿을 수가 없었다. 하루코가…… 죽었다고?

보충 기사를 자세히 읽어 보았다. 부산항을 출발한 배가 대만에 잠시 정박할 때부터 알 수 없는 말을 중얼거리던 소녀가 있었다. 군인들의 회의를 엿듣다가 발각되어 심하게 매질을 당한 직후였는데, 자신이 '후지모토 국장의 딸'이라고 우겨 모두에게 비웃음을 샀다. 온종일 실성한 사람처럼 서성이던 소녀는 배가 버마를 향해 출발한 지 두어 시간 만에 갑작스레 바다로 떨어졌다. 선원들은 목격자의 신고에도 불구하고 소녀의 시체조차 찾지 않았다. 소녀가 하루코라는 사실은 죽은 뒤에야 밝혀졌다. 유품으로 경성 제일 고녀 학생증이 나왔다는 것이다.

기사는 마지막으로 하루코가 남긴 유서의 내용을 전하고 있었다. 누구도 이해할 수 없는 유서였다. 나와 후지모토 상만 빼고.

타인의 시간을 빼앗은 사람에게 미래는 없다.

23
햇귀의 시간

지금 유메를 만나러 간다.

구름 모양 간판이 달린 빵집 앞에서 숨을 몇 번이나 골랐다.

"어서 오세요."

인사를 건넨 건 유메가 아니었다. 머릿수건을 하고 노란색 앞치마를 두른 아주머니였다.

"유메는 오늘 안 나왔나요?"

"누구라고요?"

"유메요. 여기 주인아주머니의 일본인 친구의 딸이라던데."

내 말에 아주머니가 웃음을 터뜨렸다.

"학생, 다른 빵집이랑 착각한 거 아니야? 이 집 주인은 난데, 나한테는 일본인 친구가 없어."

"네? 며칠 전에도 여기 와서 만났는데. 유메를 모르세요?"

아주머니는 같은 대답을 반복하기 싫다는 듯 어깨를 으쓱해 보였다.

밖으로 나가서 빵집 간판을 확인해 봤다. 구름 모양의 간판은 그대로였다. 시식 빵을 담는 노란색 바구니도 그대로였다.

귀신에 홀린 걸까, 아니면 꿈을 꾼 걸까?

둘 다 아니다. 분명히 유메는 살아 숨 쉬는 사람이었다. 우리 둘이 경복궁 서쪽 담장 길을 나란히 걸었다. 영추문의 허물어진 담장 이야기도 나눴고 총독부 관사가 있던 골목에서 한 시간씩 사람을 기다리기도 했다.

"참, 붉은 벽돌 이층집 대문 앞에서 만나기로 했었지!"

맹학교 쪽으로 달렸다. 은행나무를 왼편에 두고 낮게 경사진 길을 올라 골목으로 들어섰다.

사라졌다. 붉은 벽돌 이층집이 사라졌다. 그 대신 새로 지은 듯한 흰색 목조 건물이 보였다. 내 허리 높이밖에 오지 않는 나무 대문 너머로 정원이 훤히 들여다보였다.

초인종을 눌러 보았다. 한참 기다려도 인기척이 없었다.

"이 집 요새 비어 있던데, 누구 찾아왔니?"

돌아보니 우체부 아저씨였다. 아저씨가 우편물을 대문 앞에 내려놓았다. 우편물은 이미 잔뜩 쌓여 있었다.

"아저씨, 여기 붉은 벽돌로 지은 이층집 있지 않았어요?"

머뭇거리다 겨우 묻자, 우체부 아저씨가 놀란 눈을 했다.

"있었지. 삼 년 전에 집주인이 바뀌면서 헐고 새로 지었단다."

우체부 아저씨가 골목 밖으로 사라진 후에도 나는 발걸음을 차마 떼지 못했다.

맹학교도 그대로이고 은행나무와 낮게 경사진 길, 대문으로 이어지는 골목도 그대로인데 어떻게 집만 감쪽같이 사라질 수 있는 걸까?

내가 과거에 다녀온 후, 무언가가 바뀌었다.

뒤늦게 우체부 아저씨가 사라진 쪽으로 달려가 보았다. 위쪽 골목에서 내려오는 아저씨를 붙들고 또 물었다.

"붉은 벽돌 이층집 말이에요, 거기 누가 살았어요? 나이 드신 할머니 한 분 안 계셨어요? 얼굴에 기다란 흉터가 있는."

"글쎄다, 흉터 있는 할머니는 모르겠고, 아주 다복한 할머니가 사셨지. 혼자서 남매를 키우신 분인데, 한국전쟁 때 평양에서 내려왔다던가. 남편을 잃긴 했지만 장사로 큰돈을 벌어서 장학 재단도 만들고 열심히 사신 걸로 이 동네에서는 유명했지. 장학생들이 '키다리 아줌마'라고 불렀다던데. 건강이 안 좋아져서 이 집을 팔고 아들네 집으로 갔다지, 아마."

우체부 아저씨의 입에서 '현수인'이라는 이름을 듣자 안도의 한숨이 나왔다. 내가 과거로 시간 여행을 했던 게 결코 의미 없는 모험은 아니었던 거다. 수인은 그 트럭에 타지 않았던 게 분명하다. 그렇다면 적어도 매일 악몽에 쫓기지는 않겠지. 삶이 바뀌고 기억이 달라졌으니까.

노래하는 열여섯 살 수인을 떠올리자 빙긋이 미소가 지어졌다. 괄괄하고 도전적이지만 전차의 굉음에 놀라는 여린 소녀. 깃털 모자를 쓰고 매혹적으로 노래하던 모습. 젊은 날 가수의 꿈을 이루었을지 궁금해졌다. 가수가 되었다면 사람들한테 인기깨나 있었을 거다.

그나저나 유메는 어떻게 된 걸까? 지금 어디에 있는 걸까? 일자로 자른 앞머리와 동글동글한 얼굴, 왼쪽 뺨에 팬 볼우물과 덧니가 이렇게 생생하게 기억나는데. 그 얼굴을 그림으로 그리라면 똑같이 그릴 수도 있는데.

맞다, 유메가 알려 준 번호가 있었지. 일본에서 쓴다는 휴대폰 번호.

국제 전화 요금 같은 건 생각하지 않고 무작정 번호를 눌렀다. 기계에 녹음된 목소리가 흘러나왔다. 일본어 안내에 이어서 영어가 들렸다.

"The number you've dialed is not in service. Please check your number and try again(지금 거신 번호는 없는 번호이니 다시 확인하고 걸어 주시기 바랍니다)."

없는 번호…… 사라진 유메…….

수수께끼 하나를 풀자 새로운 수수께끼가 내 앞에 던져졌다.

인디언식 이름을 지었던 게 떠올랐다. 내가 수인의 삶을 바꿀 수 있었던 건 '푸른 늑대의 파수꾼'이라는 이름을 지었기 때문인지도 모른다. 사람은 자기 이름을 따라 산다고들 하니까. 늑대들로부터 수인을 구하려고 애쓰는 사이 태후와 정면 승부를 벌이기도 했다. 다시는 태후의 은밀한 빵 셔틀이 되지 않을 거고 도망치지도 않을 거다. 설사 또 얻어터진다고 해도.

유메의 인디언식 이름은 '푸른 바람의 유령'이었다. 그 이름처럼 감쪽같이 사라져 버렸다.

무엇이 살아 있는 유메를 유령으로 만들었을까? 혹시 나 때문은 아닐까? 내가 시간 여행을 반복했기 때문에 어떤 거대한 존재가 과거의 하루코와 현재의 유메 사이에 이어져 있던 끈을 잘라 버린 건 아닐까?

어쩌면 이 수수께끼는 평생 풀 수 없을지도 모르겠다. 아직 유메의 손도 잡아 보지 못했는데. 마음이 큰 파수꾼은 남자 친구로 어떠냐고 근사하게 고백할 생각이었는데.

내리막 골목을 지나 큰길로 들어섰다. 하늘이 턱없이 파랬다. 햇살이 따가운데도 심장 근처는 오한이 느껴졌다.

"어서 와, 해키 꿍!"

등 뒤에서 거대한 숨결이 바람에 섞여 불어 대는 것만 같았다. 나는 뒤돌아보지 못하고 그 자리에 붙박인 듯 한참 서 있었다.

소설이란 과연 무엇일까. 누군가의 내면에, 혹은 이 사회의 어딘가에 갇혀 부글부글 끓고 있는 목소리를 글로 풀어낸 것이 아닐까.

나 자신을 들여다보자면 드라마틱한 삶이나 영웅담과는 거리가 먼 캐릭터라서 늘 '무엇을 쓰지?'가 고민이었다. 반드시 쓰고 싶은 걸 발견하지 못한다면 일개미나 되자는 주의였다. 그러다 세상에 꼭 드러내야만 하는 목소리를 들은 것이 2010년의 일이다. 중간에 동화를 쓰거나 생업에 몰두하기도 했지만 오 년 동안 그 목소리를 놓치지 않고 좇아왔다. 처음에는 희미했으나 점차 두텁게 들려오던 그 목소리. 『푸른 늑대의 파수꾼』은 인간으로서의 존엄성을 짓밟힌 일본군 강제 위안부들의 목소리에서 시작되었다.

이 소설에는 일본군 강제 위안부를 상징하는 수인과 조선 총독부 관리의 딸 하루코, 그리고 2016년을 은밀한 빵 셔틀로 살아가는 소년 햇귀가 등장한다. 10대 청춘인 세 사람에게는 각자의 욕망이 있다. 수인은 조선 최고의 가수가 되는 게 꿈이고 하루코는 로맨틱한 샐러리맨을 만나 사랑에 빠지는 게 꿈이며 햇귀는 어디로든 도망치는 게 꿈이다.

개성 강한 세 사람이 시간의 경계선을 뛰어넘어 만나는 장면들을 상상하며 글 쓰는 재미가 없지는 않았다. 하지만 슬픔에 북받쳐 운 시간이 훨씬 많다. 자료와 인터뷰로 접한, 이제는 호호백발 할머니가 된 소녀들의 삶을 떠올리며 많이도 울었다. 어쩌면 내가 가진 유일한 재능이 감정 이입 능력이라는 걸 새삼 확인한 것 같기도 하다.

1945년에 막을 내린 일제 강점기를 2016년 현재에 돌아보면 먼 옛날처럼 느껴지겠지만, 그때나 지금이나 인간의 존엄성을 해치는 늑대 같은 존재들은 우리 곁을 맴돌고 있다. 제국주의의 시간도 여전히 흐르고 있다. 이 소설을 쓰며 할머니들을 지옥으로 몰고 간 제국주의, 현재까지도 흐르고 있는 제국주의의 시간에 제동을 걸고 싶었다. 가해자도 피해자도 과거 제국주의의 시간을 함께 기억하고 파수꾼이 되어 그 모든 늑대들로부터 순수한 인간성을 지키자는 주제를 담고자 했다. 그 주제가 잘 담겼는지 판단하는 것은 이제 독자의 몫이리라.

이 소설을 할머니들께 보여 드릴 수 있어 더없이 기쁘다. 또 한 분이 세상을 떠나가시기 전에, 모든 살아 있는 증거가 사라지기 전에. 글을 쓰면서 좀 더 명확히 알게 된 것은, 일본군 강제 위안부들이 단순히 끌려가는 과정에서 겪은 강제성만을 의미하는 게 아니라는 점이다. 납치를 당한 이들이 굉장히 많았지만, 취업 사기를 당해 속아서 간 이들도 있고 '술 팔고 노래하는 데'라는 걸 알고 간 이들도 있었다. 중요한 사실은 자신의 의지와 상관없이 강제로 감금당한 채 지속적으로 일본군에 의해 성폭행을 당했다는 것이다. 참혹하기 짝이 없는 역사이다.

그 역사에 대해 일본은 '공식적으로', '끊임없이' 사과해야 한다. 독일 정치인들이 유대인들에게 여전히 대내외적으로 사과하고, 영국이 케냐의 독립운동 과정에서 살해된 사람들을 위해 적극적으로 보상함은 물론 기념비까지 함께 세우는 것처럼. 그렇게 하는 이유는 잘못을 반복하지 않기 위해서이다. 인간은 망각의 동물이기에 자각하고 기억하려면 잘못을 곱씹고 또 곱씹어야 하는 것이다.

소설의 얼개를 짜고 캐릭터를 만들기까지 여러 논픽션과 일제강점기 동아일보 기사의 도움을 받았다. 특히 수인의 입을 통해 전한 미얀마 시절의 이야기는 『버마전선 일본군 '위안부' 문옥주』에서 도움을 받았고, 조선 총독부 관리 후지모토의 에피소드는 『밤의 일제 침략사』에서 도움받았음을 밝힌다. 감사하는 마음을 담아 그간 참고한 책들을 뒤에 덧붙인다.

일제 강점기의 유년 시절을 떠올려 준 민병설 님, 홍순우 님. 일본어 표현을 도와준 김정영 님. 서촌이라는 동네를 구석구석 알게 해 준 김성준 님과 박민영 님. 언제나 기꺼운 독자가 되어 주는 글벗 수옥. 출간 작업에 정성을 쏟아 준 창비 청소년출판부의 김영선 님. 그리고 사랑하는 식구들에게 고마운 인사를 전한다.

삶은 신이 던져 준 수수께끼를 풀어 가는 과정이다. 오직 시간만이 그 해답을 말해 줄 것이다.

소설의 도입부에 적힌 이 말은 스티븐 호킹의 책 『시간의 역사』에 등장하는 문장과 내 안에 품고 있는 문장을 조합한 것이다. 나에게 또 다른 수수께끼가 던져지길 바라며, 언제고 그 수수께끼의 해답을 찾아 노래 부르며 모험을 떠날 생각이다.

창작을 하기 이전과 이후에 만난 모든 이에게 감사하다.

2016년 4월
김은진

참고한 책

『강제로 끌려간 조선인 군위안부들』1~5권, 한국정신대문제대책협의회 외 엮음, 풀빛/한울 1993~2016.

『검은 우산 아래에서: 식민지 조선의 목소리 1910~1945』, 힐디 강 지음, 정선태·김진옥 옮김, 산처럼 2011.

『경성리포트』, 최병택·예지숙 지음, 시공사 2009.

『경성 천도: 도쿄의 서울 이전 계획과 조선인 축출 공작』, 도요카와 젠요 지음, 김현경 옮김, 다빈치북스 2012.

『경성 카메라 산책』, 이경민 지음, 아카이브북스 2012.

『밤의 일제 침략사』, 임종국 지음, 한빛문화사 2004.

『버마전선 일본군 ‘위안부’ 문옥주』, 모리카와 미치코 지음, 김정성 옮김, 아름다운사람들 2005.

『엄마의 게이죠 나의 서울』, 사와이 리에 지음, 김행원 옮김, 신서원 2000.

『역사를 만드는 이야기: 일본군 ‘위안부’ 여성들의 경험과 기억』, 한국정신대문제대책협의회 부설 전쟁과여성인권센터 연구팀 엮음, 여성과인권 2004.

『이상과 모던뽀이들』, 장석주 지음, 현암사 2011.

『일본군 위안소 관리인의 일기』, 작자 미상, 안병직 옮김, 이숲 2013.

『키다리 아저씨』, 진 웹스터 지음, 김양미 옮김, 인디고 2010.

창비청소년문학 72

푸른 늑대의 파수꾼

초판 1쇄 발행 • 2016년 4월 18일
초판 20쇄 발행 • 2023년 3월 13일

지은이 • 김은진
펴낸이 • 강일우
책임편집 • 김영선
조판 • 황숙화
펴낸곳 • (주)창비
등록 • 1986년 8월 5일 제85호
주소 • 10881 경기도 파주시 회동길 184
전화 • 031-955-3333
팩시밀리 • 영업 031-955-3399 편집 031-955-3400
홈페이지 • www.changbi.com
전자우편 • ya@changbi.com

ⓒ 김은진 2016
ISBN 978-89-364-5672-6 43810